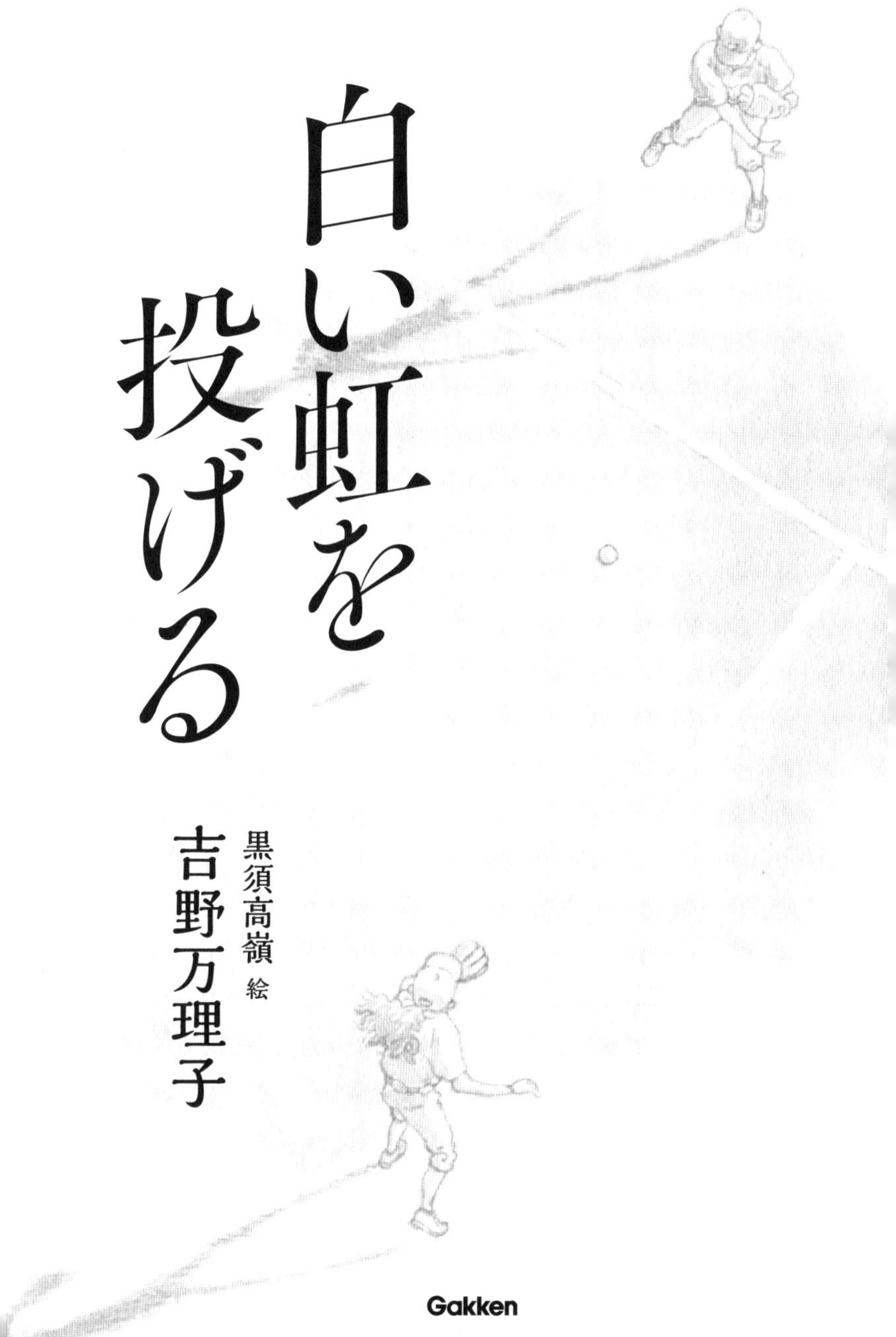

白い虹を投げる

吉野万理子

黒須高嶺 絵

Gakken

もくじ

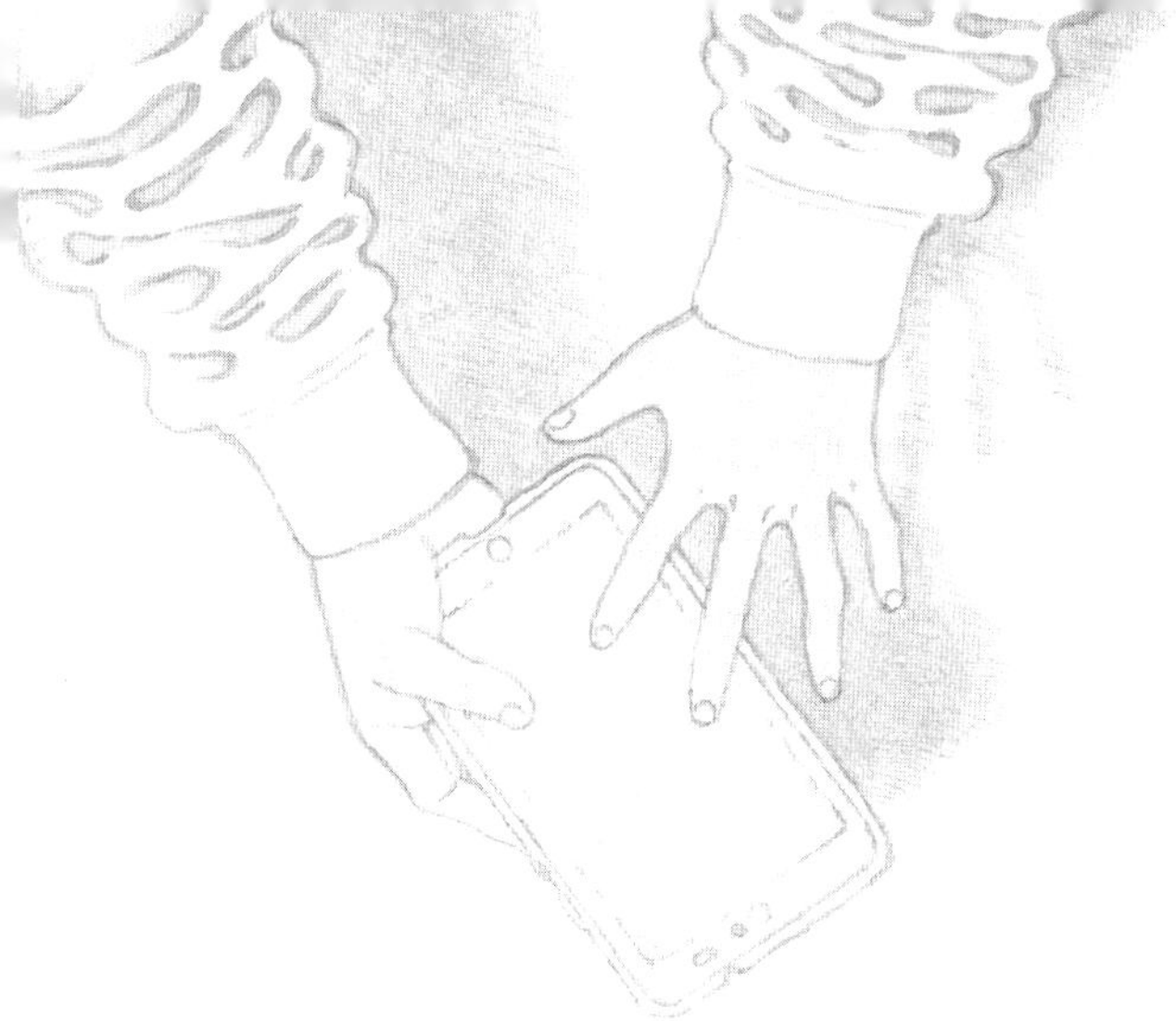

四月第二週

ヤヤへ

ヤヤ、新しい学校は始まりましたか？

こっちは今日が始業式だったけど、サクラはもう散ってしまっていました。

そちらはどうかな。

引っ越《こ》し先は同じ県内だから、サクラの散り方も同じだよ！　というヤヤのツッコミが聞こえてきた気がするよ。

いよいよ六年だね。中川《なかがわ》ペルセウスのメンバーで戦うのも今年で終わり。

本当は、ヤヤが最後までキャプテンをやるべきだったと思う。でも、そんなこといっても、転校しちゃったんだからしょうがないよな。

それで、おれが引き受けました！

今度の週末、最初のミーティングで新キャプテンのあいさつをしなきゃいけないらしい。今、考えているんだけど、こんなのどうかな。

「いつか、ヤヤがいるチームと県大会の決勝で当たろう！　そのためにがんばるぞ。」

ヤヤ、そっちでも野球を続けるよな。地域《ちいき》のチームあるらしいっていってたよな？

ただ、おれらが県大会に行ける保証《ほしょう》はないです。

あのうわさが本当だったんだ。新しい野球チームが市内にできるっていう話。監督《かんとく》は、元プロ野球選手の飛田豊《とびたゆたか》って人。おれたちが生まれる前に引退《いんたい》した選手だからよく知らないけど、ポスターに出ている写真は、肩《かた》も首もすっごく太くて、強そう。元キャッチャーなんだって。そんな人が指導《しどう》したら、すごいチームになりそうだよな。

チーム名は飛田《とびた》パープルソックス。むらさき色のくつした……。名前だけでいえば、あんまり強くなさそう？　中川ペルセウスのほうが勝ってるよな。

また連絡《れんらく》します。

ヤヤの学校はどんな感じか、野球チームにはちゃんと入ったか、知らせてください。

葉央《はお》より

いつもより人数が少ない。中川ペルセウスのメンバーが集まっているが、その輪は小さかった。

葉央はいない人を数えた。四人足りなかった。こんなに遅刻《ちこく》が多いのはめずらしい。

中川運動公園《なかがわうんどうこうえん》の第二グラウンドは、中川ペルセウスが毎週使っているところだ。ムクドリが芝生《しばふ》に降《お》りてきて、地面をつつき始めた。三列ある観客席では、近所のおじさんがくつろいでいる。

葉央たちが集合しているのは、ベンチの前だ。横に長いいすが二列あって、みんなの荷物やグローブやバットが置かれている。居林監督《いばやしかんとく》を囲《かこ》むようにして、八人が立っていた。

「ミーティングを始めます。」

四人を待たずに、始まった。居林監督《かんとく》は練習ではやさしいけれど、チームのルールには厳《きび》しいのだ。あいさつをする、用具を大事にする、そして時間を守る。

準備《じゅんび》した新キャプテンのあいさつを、葉央は頭のなかで思い出していた。

ヤヤにメッセージを送ったら、返事が来たのだ。ぶじ、野球チームを見つけたこと、新しいクラスでは女子にヘアスタイルをほめられて、仲よしが早くもできたことが書かれていた。葉央が一番うれしかったのは、県大会決勝での対決についての返事だ。「受けて立つ！」と書いてあった。だから、そのこともあいさつでふれるつもりだ。

でも、居林監督《かんとく》が最初に指したのは、葉央ではなくて、居林港斗《みなと》だった。居林監督《かんとく》の孫にあたる。葉央と同じ新六年生。このチームで一番背《せ》が高くて、キャッチャーをやっている。将来《しょうらい》はプロ野球選手になりたい、と宣言《せんげん》していた。実際《じっさい》、足は速いし、打球はめちゃめちゃ飛ぶ。

呼《よ》ばれたのに、港斗は見動きしない。

どうして着替《きが》えていないんだろう。葉央は首をかしげた。港斗はユニフォームを着ていない。黒い長そでT《ティー》シャツにデニムのハーフパンツ。長いソックスには、変なモンスターのイラストがかかれている。ふだんなら家からユニフォームを着てくるか、このグラウンドに来てから、さっと着替《きが》えるのに。

港斗は下を向いて、口をとがらせている。おでこに日光が当たってぴかっとかがやいていた。しばらくだまっていて、ようやく港斗は口を開いた。

「すいません、おれ、チーム辞めます。」

「へぇ？」

変な声が葉央ののどから勝手に出た。港斗はこちらを見ない。居林監督《かんとく》がいった。

「辞めるのは港斗だけじゃない。五年生では晴香《はるか》と誠《まこと》、四年生では楽楽《らら》と竜登《りゅうと》。合計五人が辞めることになった。ほかの四人はあいさつがしづらいということで、もうここには来ない。」

えっ、えっ。葉央はさえぎりたかったが、声が出なかった。

「ただ、港斗は六年生だし、レギュラーだったし、ちゃんとあいさつすべきだと私《わたし》がいったので、今日ここに来たんだ。」

港斗は大きく息をはいて、それから吸《す》った。

「プロ野球選手になりたい。前からいってました。そのためには、元プロ野球選手に教えてもらうのが一番じゃないかと思って――。」

「パープルソックス？　パープルソックスに行くわけ？」

思わず葉央はさえぎっていた。新しいチームができると知ったとき、中川ペルセウスのライバルになるとしか思わなかった。まさか今までいっしょにやってきたチームメイトが移《うつ》ってしまうなんて。

港斗はようやく葉央の顔を見た。

「そう。仕方ないだろ？　おれはキャッチャーで、指導者《しどうしゃ》の飛田さんもキャッチャーなんだ。それってもう運命だろ？」

と、急に熱っぽく、港斗は語る。

運命。そういわれたら、運命だという気がしてきた。チームを変えたのがきっかけで、港斗は本当にプロへの道をたどるのだ。そして、将来《しょうらい》プロ野球選手になったら、スポーツ番組などで「ぼくのターニングポイントは、六年生のときです」なんて語るのかもしれない。

「お、おう。」

葉央が思わずうなずくと、港斗は、

「じゃあ、これで。」

ぺこっとおじぎをして、居林監督《かんとく》の方をちらっと見た。監督《かんとく》がうなずくと、港斗は勢《いきお》いよく走りだして行ってしまった。

「今、初めて聞いたわけ？　港斗先輩《せんぱい》が辞めること。」

真横にいる四年生の悠《ゆう》が、葉央に向かって、きいてくる。

「うん。」

「それってさぁ、新キャプテン。どうなんすか？　おれは同じ学年の子から聞いてましたよー。」

「え。」

「楽楽から辞める相談、ちゃんと受けてましたけど。」

「なんで辞めるって？　楽楽は。」

「ヤヤがいなくなったから。尊敬《そんけい》してる女子の先輩《せんぱい》いなくなったし、だったらパープルソックスに行けば女の先輩《せんぱい》いそうだし、って。」

「うー、それで女子はいなくなっちゃったのか。」

女子は楽楽と晴香のふたりだった。

ヤヤが転校しなければ、ふたりとも辞めなかったのだろう。ほかのやつらだって。もしかしたら港斗だって。葉央は、足元に小さな石ころが落ちているのを見つけて、シューズのかかとでコロンと転がした。

「いいんだぞ、君らも、遠りょしなくて。帰ってからおうちの人に相談して、やっぱり自分もパープルソックスに行きたい、と思ったら別にかまわない。」

葉央たち七人に向かって、居林監督《かんとく》はいう。

「また部員を増《ふ》やしたいとは思うが、今の時点では、公式試合に出られなくなった。そんなこともふまえて、君らもこのチームで続けるかどうか、考えてもらったほうがいいかな。」

そうか。七人。これで全員なんだ。

葉央は、用意してきた新キャプテンのあいさつを思い出していた。県大会の決勝でヤヤと対戦しよう、なんてムリではないか。地区大会にすら出られない。

「監督《かんとく》、ここ、西日がまぶしいんで早く練習したいです。」

そう葉央がいうと、あちこちから、小さく息をふーっとはく音が聞こえてきた。

「そうだな、練習を始めよう。」

居林監督《かんとく》がいった。みんながベンチに入って、グローブを取り出す。葉央は先頭を切ってグラウンドに飛びだした。

練習が終わるころには、空がオレンジ色に染《そ》まっていた。

今までだったら港斗とちゅうまでいっしょに帰っていたのに、今日はひとりだ。

葉央は急ぎ足で川べりを歩いた。

田奥川《たおくがわ》は、水量はさほど多くない。左右の堤防《ていぼう》はコンクリートで固められている。それでも、たまにカワセミが現《あらわ》れるので、カメラを持ってうろうろ歩く野鳥ファンをよく見かける。

歩きながら、葉央は監督《かんとく》のいったことを思い出していた。パープルソックスに行きたければ遠りょしなくていい。その言葉におどろきすぎて、返事を忘《わす》れていた。パープルソックスなんてぜんぜん興味《きょうみ》ないです。おれは中川ペルセウスがすきなんです。そうはっきりいえばよかった。

居林監督《かんとく》は小学校、中学校、高校、大学、社会人と、ずっと野球をやってて、教え方がうまい。そしてやさしい。試合に負けてもおこらない。おこるのは、決められたルールを破《やぶ》ったときだけだ。

でも、今日参加した七人のうち、だれか行ってしまう人はいるだろうか。みんな残ったとしても、公式試合には出られないのだ。公式戦だけではなく、練習試合ももうできない。

少しずつ川幅《かわはば》が広くなってくる。カルガモが二羽、水にもぐったりうかんだりしている。

踏切《ふみきり》をわたって、路地を入って少し歩くと自分の家が見えてくる。

ちょうどお父さんが家から出てきた。お父さんは暑がりで、まだ四月なのに半そでのT《ティー》シャツ、さらにはだしでサンダルをはいている。エコバッグを持っているのが見えた。

「あ、買いもの？」

「そう、スーパーに晩飯《ばんめし》の材料。荷物持ちをする気があるなら、ごほうびにアイス一

個《こ》買ってやらんこともない。」

「行く！」

葉央はいったん家のカギを開けて、野球の道具を玄関《げんかん》に置いて、外に出た。

またさっきの川にもどって、さらに下流へ行く。

野球チームの人数が減《へ》ってしまったことを話そうと、葉央は口を開いた。

「実はさ。」

「実はさっ。」

声が重なった。

「お父さん、先いって。」

自分の話は長くなるから、と思って葉央はゆずった。

「さっき母さんから電話が来たんだ。病院にいて。」

「なんて？」

「トモが、今日からもう松葉づえなしに歩いていいってさ。」

「お、よかった！」

トモというのは葉央の弟の友起《ともき》のことだ。去年の十二月に手術《しゅじゅつ》をして、三週間ほど入院していた。退院《たいいん》してからは松葉づえを使って歩いていたのだ。

「トモはもう完全にいいわけ？　野球もできる？」

発病する前、トモは「三年生になったら、兄ちゃんと同じチームに入りたい」といっていた。ちょうど今、三年生になったところだ。

「歩けるけど、運動は厳《きび》しいだろうなぁ。まだ股関節《こかんせつ》に負担《ふたん》をかけないほうがいいみたいだ。将来《しょうらい》、痛《いた》みが出ないように。」

トモは一年生の終わりごろ、足のつけ根が痛《いた》いとうったえて、左足を引きずるようになった。病院で調べて、病気がわかった。

「あ、ところで、葉央も何かいいかけただろ？」

橋をわたった。三十センチをこえるコイがたくさん水の中を行ったり来たりしている。市役所の前を右に曲がると、すぐにスーパーがある。

「んーと、何をいおうとしてたか忘《わす》れた。」

葉央は気づかれないように小さくため息をついた。

今まで足の痛《いた》みをこらえてきた弟。手術《しゅじゅつ》のあとは慣《な》れない松葉づえをついて、リハビリもして、大変そうだった。出かけるときはお母さんがつきそった。お父さんは、家で仕事をしながらごはんをつくってくれた。みんな大変だったのだ。

トモが野球をやれないなら、家では野球の話をしないほうがいい気がした。話したって、メンバーが増《ふ》えるわけではないし、と葉央は思った。

✉ヤヤへ

返事ありがとう。

ヤヤならすぐに友達もできると思っていました。よかったよかった。

キャプテンのあいさつ、するつもりだったんだけど、できませんでした。それどころじゃなくなってさ。

メンバーがへった。前のメッセージに書いたパープルソックス。あのチームになんと五人も移籍《いせき》しちゃったんだ。

港斗と楽楽と竜登と誠と晴香。

楽楽と晴香は、ヤヤがいなくなって、ほかに女子がいないから心細くなって、あっちに移《うつ》るみたいだ。

でも本当はさ、女子とか男子とかたぶん関係なくて、すきだったヤヤがいなくなったから、やめるってだけだろうな。

「葉央くんがキャプテンやるなら残る」って、だれもいってくれない。ないていいですか。ぐすん。

暗い話でごめん。

家で野球の話、相談できない空気でさ。

トモのこと。

一年生のころ、何度か試合を見に来たことがあるんだけど、覚えてる？　おれの弟の友起。

ヤヤがかみの毛を後ろに結んでるのがカッコいいっていって、自分もかみをのばすってさわいでたんだよ。

おれがショートやってたら、自分もショートやりたいって。で、ピッチャーやるようになったら、おれもって。三年生になったら中川ペルセウスにぜったい入部する、って楽しみにしてたのに、走るといたいっていいだして。そのうち歩くのもいたいって。それで大腿骨《だいたいこつ》の病気ってわかったんだ。ペルテス病。

二年生の春に手術《しゅじゅつ》するはずだったんだけど、こわいからどうしてもイヤだっていってさ、お父さんとお母さんがほかの病院に聞きにいって、でもやっぱり手術《しゅじゅつ》が一番いいって説得して、去年の冬に手術《しゅじゅつ》受けたんだ。けっこう長い間、入院してた。あ、そのころ、ヤヤにちょっと話したことあったよな、そういえば。

松葉づえを使わなくてよくなったら、運動もできるのかな、っておれは思ってたんだけど、ダメらしいんだ。

三年生になったら、うちのチームに入るっていってたのになぁ。今、三年生いないから、本当だったら大歓迎《だいかんげい》なのになぁ。

弟の前で野球のなやみなんて話せないよ。だからメッセージが長くなっちゃった。ごめん。次はもっと明るいことを書くつもり。

ヤヤのほうは野球チームに入ったら、さっそくエースかな。どんなやつらがいるか今度教えて。

葉央より

四月第三週

弟思いのやさしい葉央《はお》くんへ

こんにちは。

黒いたてがみがトレードマークの名馬、森原《もりはら》ヤヤヒヒーンです。

あ、急に変なごあいさつ、びっくりした？

今日、新しいクラスメイトに「かみの毛が馬のたてがみみたいだね」とほめられたので（ほめられたのか？）、馬っぽい名前にしてみた。ヒヒーン。

あとクラスメイトには、おしりがぷりっと上がっていて、さすがハーフだね、といわれたよ。どこからツッコんでいいものか。

そっちに住んでたころは、外見のことをあれこれいわれた記憶《きおく》がないので、とまどうよ。

「ハーフって古い表現《ひょうげん》で、いまどきはミックスと呼《よ》ぶらしいよ」と伝えたら、ぽかーんとした顔でおどろかれた。

「オレンジと野菜が半分ずつ入ってるジュースをハーフジュースとはいわないでしょ、ミックスジュースでしょ」と強引なたとえを使ってみたら、意外と納得《なっとく》してもらえましたわ。やれやれ。

さて、メッセージありがとう。

うん、トモくん、そろそろよくなったかな、野球できるかな、って気にしてたよ。

会ったのも覚えてるよ！

わたしがあのラブリーなトモくんのことを忘《わす》れるはずがないでしょ。

何しろ、「将来《しょうらい》はヤヤちゃんと結婚《けっこん》する」とまでいってもらったんだからね。

あのころ、わたしたちが四年生で、トモくんは一年生だったよね。

トモくんはクールで、葉央のほうが弟みたい、と正直思っていたよ。あ、さすがにそれはないか。あは。

運動以外に、すきなことが何か見つかるといいね。

さて、こちらの話。

ここは静かな住宅地《じゅうたくち》だよ。なんにもないところに見えるけど、お母さんは子どもの頃《ころ》を過《す》ごしていたから思い出がいろいろあるみたいで、きげんがいいよ。

いっしょに住み始めたおじいちゃんは、午後になると近くの自治会館へ行って将棋《しょうぎ》をやってる。お母さんとおじいちゃんは性格《せいかく》が似《に》てて、毎日どうでもいいことで口げんかしてるんだ。でも、すきなものも同じで、近くの洋食店のハンバーグがふたりとも大すき。連れていってもらったら、おいしかったよ。

今日、初めて野球チームに行ってきたよ。

シンプルな名前でね。「桜坂《さくらざか》ナイン」というの。中川《なかがわ》ペルセウスのほうが好みだなぁ。名前対決では。

でも、家から歩いて通える野球チームはひとつしかないので選べないんだ。

「桜坂ナイン」の練習する桜坂中央《さくらざかちゅうおう》グラウンドに行ったら、メンバーが三十人くらいいたよ。けっこう強そう。女子は、下級生に二、三人いたかな。

ユニフォームは、白地にえんじ色の文字が入っている。

竹ノ内監督《たけのうちかんとく》は、ペルセウスの居林監督《いばやしかんとく》と同じくらいの年かな。おなかがやや出てるぶん、かんろくあるね。

みんなの前であいさつしたよ。

「森原ヤヤです。お父さんがアメリカ人なので、もし今アメリカに住んでたら、ヤヤ・ロビンソンって名前でした。だからわたしは、黒人選手で初めて大リーグでプレーしたジャッキー・ロビンソンの孫の孫……かもしれません！」

中川ペルセウスだったら、みんなが「何それ」「結局ちがうのかよ!?」とツッコんでくれたかと思うけど、まさかの無反応《むはんのう》だったよ。みんなジャッキー・ロビンソンを知らんな？　そのうち教えてあげよう。まずは森原ヤヤのことを教えるのが先だけどね。

希望のポジションをきかれたから、ピッチャーっていったら、

「ほぉー、うちの清水《しみず》に勝てるかな。」

と監督《かんとく》にいわれて。みんなもざわざわして。その清水ってやつがエースなんでしょうね。自分たちのエースを誇《ほこ》りに思ってて、よそから来たやつは勝てないぜ、っていうふんいきを感じちゃったんだよね。

燃《も》えますねー！

実際《じっさい》に投げてみろといわれて、思いきりストレート投げこんでやったよ。

みんな、しんとしてたね。

見たか！　中川ペルセウスの底ヂカラを！

わたしと葉央と、ふたりのピッチャーがいるペルセウスはなかなか強かったよね。

桜坂ナインの竹ノ内監督《かんとく》は、

「森原は、うちのエース候補《こうほ》かもな。」

と、いってくれたよ。

そんなわけで、桜坂ナインの一員になりました。

またメンバーの名前を覚えたら書くね。

自分は馬よりヒョウに似《に》てると思うヤヤより

親友へのメッセージって、どこまで書いたらいいんだろう。ヤヤはわからなかった。竹ノ内監督《かんとく》が「うちのエース候補《こうほ》かもな」といったあとに、チームメイト数名がにらみつけてきた、なんてことまで書いてもよかったんだろうか。でも、おろおろと心配する葉央の姿《すがた》が目にうかんでしまう。

考え事をしている場合ではなかった。出かける準備《じゅんび》をしなくては。

昨日入部したばかりだけれど、今日はさっそく練習試合だ。

試合をする立東《りっとう》ボールパークは、昨日練習したグラウンドとは違《ちが》う場所で、バスと電車に乗らなくてはいけない。迷《まよ》わずに行けるのか。そういえばチームメイトのだれからも、「いっしょに行こう」「待ち合わせしよう」とはいってもらえなかった。

ヤヤのうかない顔が気になったのか、お母さんは、

「送ってあげるよ。今日のタイムシフト、昼から夜十時までだから。」

といってくれた。

お母さんは介護《かいご》の仕事をしている。引っ越《こ》すとき、「介護系《かいごけい》は職探《しょくさが》しに困《こま》ることはないから。どこも人手不足だから」といっていたけれど、そのとおりで、すぐにお年寄《としよ》りの介護《かいご》をする施設《しせつ》で働くことになった。

認知症《にんちしょう》とかいろいろな病気のお年寄《としよ》りが入院していて、朝勤《ちょうきん》、昼勤《ちゅうきん》、夜勤《やきん》の三つのシフトに分かれて、交代制《こうたいせい》で働いている。

やった！　送ってもらえてラッキー！　とヤヤは思ったけれど、口では別のことをいった。

「えー、お母さん、運転まだ初心者なんでしょ。だいじょうぶ？」

「だいじょうぶよー、ずーっと優等生《ゆうとうせい》ドライバーのゴールド免許《めんきょ》なんだから。」

「運転してなかったからでしょ？　ペーパードライバーっていうんだっけ？」

「まあ、少しずつ慣《な》れてきたからだいじょうぶよ。夜おそい時間って、何かトラブルあったら、終バスに間に合わない可能性《かのうせい》あるから、車のほうがいいの。」

「そっか。」

車のカーナビに立東ボールパークの名前を入れたら、すぐに行先案内が表示《ひょうじ》された。迷《まよ》わなくて済《す》むんだ、と思って、ヤヤはふうっと息をはいた。

ガレージから車が出るとき、家のなかからおじいちゃんが手を振《ふ》ってくれた。

「行ってきまーす、おじいちゃん。」

となりから、お母さんの声が飛んでくる。

「ヤヤ、ちゃんと左側を見てよ。車、来てない？」

「はい、だいじょうぶです。ゴールド免許《めんきょ》のお母さん。」

車はそろそろと走りだした。お母さんはまだあまりスピードを出せない。

「お母さん、ちょっとだけ寄《よ》って、あいさつしていくね。ユニフォーム代も確認《かくにん》しないといけないし。監督《かんとく》さん、お名前なんだっけ。」

お母さんが運転しながら、きいてくる。

「竹ノ内……えーと、下の名前なんだっけ。」

「名字さえわかればいいや。」

と、雑《ざつ》なお母さん。

「竹ノ内監督《かんとく》、どんな感じの人?」

「どんな感じ? うーん、イノシシに似《に》てるかな。」

「イノシシ? 見た目かい~。人柄《ひとがら》は?」

「一日しか会ってないもん。」

「居林監督《かんとく》みたい? 居林さんはよかったよねえ。ほんと性格《せいかく》やさしいし、子どもたちにきちんとマナー教えてくださるし。野球と道徳《どうとく》を同時に教わるみたいな。」

「あー、居林監督《かんとく》みたいに、見るからにやさしそうじゃないなぁ。厳《きび》しそうで、笑ってるの一度も見なかった。」

ヤヤがいうと、お母さんは顔をしかめた。

「あらぁ、厳《きび》しいのはイヤねえ。」

思わずヤヤは笑ってしまった。新しいチームになじめるか心配だったけれど、お母さんが先にそういってくれると、「うんまあ、わたしはなんとかなじむよ」と思える。車は「立東ボールパーク」という信号を左折して、そろそろと駐車場《ちゅうしゃじょう》に入った。お母さんは駐車《ちゅうしゃ》が苦手で、五回くらい車を切り返して、ようやく停止《ていし》した。

集合時間の七分前だったけれど、もうほとんどのメンバーが集まっている。監督《かんとく》は、観覧席《かんらんせき》でコーヒーを飲んでいた。メンバーのお母さんだろうか、何人か保護者《ほごしゃ》がそばにいる。

ベンチにバッグを置こうかと思ったけれど、お母さんがあいさつに行ったので、そのままついていった。

ひそひそとお母さんたちの声が聞こえる。

「あれが、新しく入った森原さんよ。」

「スカートはいてらっしゃるのね。」

ヤヤがちらっと見ると、しゃべっている人たちは、みんなパンツ姿《すがた》だった。ジャージの人もいる。全員スニーカーをはいていて、お母さんのようにヒールのあるくつの人はいない。

「お母さんは日本の方ね。」

「お父さんね、きっと。外国のルーツは。」

うわさ話は続いている。

ヤヤは答えようかと思った。お父さんはアメリカ人で、ダリル・ロビンソンといいます。想像《そうぞう》してるとおり、アフリカ系《けい》アメリカ人ですが、メキシコの血も入ってるらしいですよ。それが何か？

でも、監督《かんとく》のところに行かなくては。

「おはようございます！　監督《かんとく》。」

ヤヤは、観覧席《かんらんせき》まで行ってあいさつしてから、お母さんの方を手で示《しめ》した。

「母です。」

「森原直美《もりはらなおみ》です。娘《むすめ》がお世話になります。」

監督《かんとく》は座《すわ》ったまま、コーヒーの入った紙コップを手に持っている。

「竹ノ内です。どうぞよろしく。こちらはね、メンバーのお母さん方。」

周りにいた女の人たちが、軽く頭を下げる。お母さんは、

「どうぞよろしく。」

とあいさつしてから、監督《かんとく》にきいた。

「ユニフォーム代とか、必要経費《けいひ》をおききしたくって。」

「ああ、それは大関《おおぜき》さんに任《まか》せてるから。」

「大関さん、といいますと。」

「あの人。うちのチームを仕切ってくれてる。おぉーい、大関さーん。」

呼《よ》ばれて顔を上げたのは、野球帽《やきゅうぼう》をかぶった女の人だった。長い髪《かみ》の毛を後ろで結わえている。魔法瓶《まほうびん》を重そうに運んでくるところで、そばにいたお母さんたちが、あわてて走っていって、

「大関さん、持ちます。」

「すみません〜。」

といいながら、受け取っている。

中川ペルセウスと、ずいぶんふんいきがちがうな、とヤヤは思った。

近づいてきた大関さんは、にこやかにあいさつした。

「森原さん、スカートだと困《こま》ります。まあ、今日はいいですけど。」

「グラウンドにスカートはダメなんですね。なるほど。」

それでも大関さんは、ユニフォーム代や月謝《げっしゃ》の払《はら》い方を教えてくれた。スマホにメモしたお母さんは、お礼をいった。

「では娘《むすめ》をよろしくお願いします。」

「えっ、帰られるの？」

大関さんはびっくりしている。

「これから仕事で。」

「あらーっ、そうなの？　土日はお忙《いそが》しいお仕事？　平日の練習のほうがいらっしゃりやすい?」

「えーっと……シフト制《せい》の仕事なんですけど。」

「今、シフトわかります? 空いてる日、来週はお当番入れちゃっていいですか?」

大関さんは観覧席《かんらんせき》のいすに置いてあったノートを手に取った。お母さんは、ん?

ん? と首をかしげながら、きいた。

「お当番って、なんのでしょう?」

「お茶出し。そのほかいろいろ雑用《ざつよう》あるのでね。グラウンドの予約とか。」

「まさかと思いますけど、このチーム、保護者《ほごしゃ》はお手伝いしないといけないんですか。」

お母さん、そのいやみっぽいいい方は、相手をおこらせるよ。ヤヤがそう思ったら、
案の定、

「はあっ?」

と大関さんの大きな声がひびきわたる。ほかのお母さんたちが次々《つぎつぎ》という。

「お手伝いしないといけない、っていういい方はちょっと。」

「子どもが野球をがんばりたいなら、監督《かんとく》に全部お任《まか》せっていうのも失礼な話ですよね？　わたしたち自主的にお手伝いしてるんです。」

ヤヤは中川ペルセウスのことを思い出していた。居林監督《かんとく》は、保護者《ほごしゃ》には「ぜひ子どもたちの試合を見に来てあげてください」とはいったけれど、「手伝ってほしい」とは一度もいわなかった。でも、それが当たり前と思ってはいけなかったみたいだ。

「男性《だんせい》はお見かけしないようですけど。」

「お父さんは忙《いそが》しい方、多いので。主にお母さんがサポートしてます。」

「じゃあ、仕事が忙《いそが》しいお母さん方はどうしてるんですか？」

お母さんのとがった声を聞いて、ヤヤは首をすくめた。まずい。お母さんはこういうとき、とりあえず相手に合わせておだやかに話す、というタイプではない。

「平日お忙《いそが》しい方は土日、土日がお忙《いそが》しい方は平日。空いているときにお手伝いしていただく形になってます。だから、シフト制《せい》でしたら、まるまるお休みの日に――。」

「だったら、わたしのプライベートの時間はなくなってしまいますよねえ？　仕事をフルタイムでやって、空いた時間は野球チームのお手伝いをしなきゃいけないって、決められたら、困《こま》っちゃいます。」

大関さんは苦笑した。

「監督《かんとく》は、子どもたちのために善意《ぜんい》でやってくださってるんです。できることはサポートして少しでも気分よくやっていただきたいでしょう？　ねえ、みんな。」

周りの人たちがうなずく。

「どなたもね、それぞれ事情《じじょう》をかかえながら、お手伝いしてるんですよ。わたしだって、すぐ近所に認知症《にんちしょう》の義母《ぎぼ》がいましてね。毎日お見舞《みま》いとお手伝いしてるんですよ。みんな事情《じじょう》があるんです。」

それから大関さんは竹ノ内監督《かんとく》の方に向かっていった。

「困《こま》っちゃうのはこっちですよねえ。」

「まあ、やれる範囲《はんい》でやってもらえたらいいんじゃないのかい？　車で手分けして送迎《そうげい》する際《さい》に手伝ってもらったり。」

監督《かんとく》がいって、大関さんが、

「ああ、なるほど、そうですね。」

とうなずいたところで、お母さんがいう。

「わたし、ちょっと前までペーパードライバーだったので。よそのお子さんは乗せられないです。」

今度はだれも返事をしなかった。あっそう、ふーん、という空気が流れている。

お母さんは、

「そうだ、行かなくちゃいけないんでした。またご相談します。ヤヤ、行ってくるね。」

と、ヤヤに手を振《ふ》って、さっさと歩きだした。

「うわー。」

「キャラ濃《こ》い方ですねえ。」

ひそひそ声が聞こえる。

この空気のなかに残される自分、けっこう大変なんだけど、と思いながら、ヤヤは

ぽりぽりとあごをかいた。

「集合！」

監督《かんとく》が声をかけて、選手が全員集まった。発表された先発メンバーのなかに、ヤヤの名前はなかった。ピッチャーは清水《しみず》だ。

ベンチには、二十人ほどの控《ひか》えの選手たちが並《なら》んで、声援《せいえん》を送り始めた。ヤヤは席がないので、一番後ろに立って試合を見ていた。

中川ペルセウスにいたときは、人数が少なかったこともあって、ベンチでずっと待機した経験《けいけん》はなかった。ピッチャーをやらないときはショートを守っていた。

ベンチにいるときは応援《おうえん》すべきなのはわかってるけれど、選手の名前がわからない。

「がんばれーっ、いけるいける。」

適当《てきとう》に大きな声でさけんだ。

とちゅうで何回かメンバー交代があった。名前を呼《よ》ばれた子はベンチからはりきって走りだしていく。

ヤヤの名前が呼《よ》ばれることはなかった。

✉ペルセウスの背番号《せばんごう》1、葉央くんへ

元気ですか〜？

わたしは今日、試合を見学してきたよ。出してもらえるかと思ったけど、そういえばまだユニフォームをもらってなかった。背番号《せばんごう》はまた42を希望しておいたよ。

「そんな大きい番号でいいのか。」

監督《かんとく》さんはふしぎな顔をしておりました。あなた、メジャーリーグの全球団《ぜんきゅうだん》で背番《せばん》号《ごう》42は永久欠番《えいきゅうけつばん》だってことご存《ぞん》じない？　だれもその番号をつけることはできないんだよ（だから日本のプロ野球界に来た外国人選手は背番号《せばんごう》42を選びがちなんだよ）

それは、わたしの祖先《そせん》（かもしれない）ジャッキー・ロビンソンの栄誉《えいよ》をたたえるためなんだけど、ご存《ぞん》じない？　知ってても、わたしが、そういう理由で42を選んだ

なんて思わないかな。

　試合の先発ピッチャーは清水瞬《しゅん》。けっこういい球投げるけど、ランナーが出ると、コントロールが不安定になるね。

　キャッチャーは巻田裕太郎《まきたゆうたろう》。同じ六年生。こないだわたしが初めて参加したときに、ピッチングを見せたんだけど、キャッチャーやってくれたのがこの人だった。中川ペルセウスで港斗がキャッチャーやってくれてたときは、投げる「的」が大きくってやりやすかったけど、巻田は体が小さめなので、ちょっと投げづらかったかな。でも肩《かた》がすっごく強いみたいで、セカンドにビューンってするどい球を投げてたよ。

　今度は、試合で投げた話のことを書きたいな。そっちの様子もまた聞かせてね。

　中川ペルセウスは七人でやることになったんだよね？　それ以上やめた子はいないんだよね？

　トモくんは、その後、元気かな。

　　今さら居林監督《かんとく》ってすごいいい人だったなーと思ってるヤヤより

四月第四週

ヤヤへ

メッセージありがとう!

まず質問《しつもん》に答えると、中川ペルセウスは七人のままでした。さらにやめるやつはだれもいなかった。よかった。

もうひとつの質問《しつもん》のほう、トモは元気だよ。きのうの夜は、トモの回復《かいふく》をお祝いしようってことで、家族みんなでファミレスに行ったよ。ほら、商店街の突《つ》き当たりの。トモが、そこのドリンクバーがなつかしいっていうから。入院したあと、一度も行ってなかったんだ。

トモは五杯《はい》くらい飲んでたんじゃないかな。オレンジジュースから始まって、最後はカフェオレだったかな。

はじめはお母さんが、

「いれてきてあげるよ。」

っていったんだ。でも、トモは自分で行く、って。少し足が重そうな感じだけど。

トモに中川《なかがわ》ペルセウスのことを聞かれた。試合やってる？って。それでおれ、つい、

「まあな。」

って答えちゃった。だって、部員が少なくて、とか話したら、トモが「ぼくが入るよ」っていいだしそうで。入れないんだよ、と断《ことわ》るのはかわいそうだからさ。

あ、部員がへったことはいわなかったけど、ヤヤが転校しちゃったことは、トモに話したよ。「ヤヤちゃんはカッコいいよね。転校先でも野球がんばってほしいな」っていってたよ。

ペルセウスの今度の練習は土曜日なんだけど、となりの第一グラウンドで、飛田《とびた》パープルソックスが練習するっていううわさあり。うちのチームをやめた港斗《みなと》たち、

もう新しいユニフォームを買ったのかな。

葉《は》央《お》より

土曜日の昼下がり、葉央は川沿《かわぞ》いを上流に向かって歩いた。橋をこえて踏切《ふみきり》をわたると、中川運動公園《なかがわうんどうこうえん》に入る。左側に体育館があって、そこではおとな向けの卓球《たっきゅう》教室やバスケットボールの練習会が行われている。花だんのツツジが満開で、その前で写真をとっている人たちがいる。そこのわきを通って、葉央は奥《おく》へ進んだ。まず見えてくるのが第一グラウンドだ。ここで飛田パープルソックスが練習するのだという。立ち止まって見てみようか、あるいは逆《ぎゃく》に足早に立ち去るか、葉央が迷《まよ》っていたときだった。

後ろから足音が近づいてきた。はあはあ、という息づかいも聞こえる。

葉央が振《ふ》り返ると、やってきたのは港斗だった。

港斗はもうパープルソックスのユニフォームを着ていた。白地にむらさき色で、

「ＰＵＲＰＬＥ ＳＯＣＫＳ《パープルソックス》」。そでとソックスも同じむらさきだ。葉央は胸《むね》にそっと手を当てた。まるで心臓《しんぞう》に氷を当てられたみたいに、キューンと冷えた気がしたからだ。

目が合った。

そらしたくなったけれど、葉央はがまんした。こっちがさける理由なんてない。

「急いでんの？」

きいてみた。急いでないなら、立ち止まれよ、という意味をこめて。

「遅刻《ちこく》！」

ひとことだけいって、港斗は目の前を走っていく。背負《せお》っているリュックは、この間まで中川ペルセウスの練習に背負《せお》ってきたものと同じだ。

その背中《せなか》に向かって、葉央はさけんだ。

「じゃあ急げーっ。全力で走れ。なんなら飛べ。背中《せなか》にかくしてる羽を出すんだ！飛べ。」

すると、港斗は、走りながら両手をバタバタさせた。そして左に曲がって、第一グラウンドに入っていった。

「あはは。」

一瞬《いっしゅん》笑ってしまった。港斗の心臓《しんぞう》は、もう冷たくなかった。でも、やっぱり取り残された気がしてしまう。前だったら、そんなじょうだんをいいあって、ふたりで両手をバタバタさせながら、同じグラウンドに行ったのに。

木立の向こうに、パープルソックスの選手たちが集合しているのが見えた。港斗がうまくすべりこめたのか、おこられたのか、そこまでは確認《かくにん》できなかった。

自分も遅刻《ちこく》しそうだ！　と葉央は気づいたからだ。中川ペルセウスとパープルソックス。どちらもたまたま集合時間は同じだったみたいだ。

葉央は走りだし、第一グラウンドを通りこして、木立を抜《ぬ》け、第二グラウンドに到《とう》着《ちゃく》した。

だれか知らない人がグラウンド整備《せいび》をやってくれている。そして、ちょうど居林監《かん》督《とく》が、

「集合！」

と声をかけたところだった。

あれ？　葉央はベンチにかけこみながら、気づいた。

たった七人、ではない。もっとたくさんの人がグラウンドにいる。ただし、おとなばかりだ。うちのチームの人数が少なすぎるから、ほかのチームがいっしょに使わせろといってきたんだろうか。

葉央は、ほかの六人といっしょに監督《かんとく》を囲《かこ》んで立った。

「今日は練習試合をするぞ。」

そう監督《かんとく》にいわれて、葉央たちは顔を見合わせた。

「え、でも。」

「うちのチームには、助っ人をたのんだ。卒業生の井上《いのうえ》と柏原《かしはら》。」

ベンチ横で着替《きが》えていたのがそのふたりだった。井上先輩《せんぱい》と柏原先輩《せんぱい》は中学二年生なので、葉央は二年前までいっしょに練習していた。そのころよりも背《せ》がのびている。

監督《かんとく》は続けた。

「もうひとり。社会人の坂本《さかもと》くん。この人も卒業生。」

坂本先輩《せんぱい》は初めて会う。目を細めていて、ねむそうだ。

「対戦相手は、田奥《たおく》クラシカル。」

と、居林監督《かんとく》は、グラウンドの向こう側のベンチを指さした。

「四十歳《さい》以上の選手ばっかりの、要するにおじさんチームだが、なかなか強いんだな。」

小学生とおじさんが練習試合するって、どうなのかな、年が違《ちが》いすぎてちょっとなー、向こうだってあんまりやる気が出ないんじゃないか？　心のなかで葉央は思った。けれど、頭をふるふると振《ふ》って、その考えを振《ふ》り落とした。

自分はキャプテンなのだ。

「よし！　試合できるの楽しみ。がんばります。」

葉央が先頭切っていうと、みんなうなずいた。そして、助っ人の卒業生たちに、

「よろしくお願いします！」

と、元気よくあいさつした。

居林監督《かんとく》がにっこりする。メンバーが七人になって試合ができなくなったから、監《かん》督《とく》はあちこちに声をかけてくれたんだろうな、と葉央は思った。

「みんな、今日は気合入れていくぜ。」

葉央は六人に声をかけた。

「相手は、おれたちのこと、子どもだから手加減《てかげん》してやろうって思うかもしれないけど、そんなんじゃ勝てない、ってあせらせてやろうぜ。」

「おう！」

六人が声をそろえてさけんでくれた。

あ、今、キャプテンっぽい感じになっていた！　と葉央は思った。

試合は、0—0のまま進んだ。

中川ペルセウスのピッチャーは葉央だ。ふだんだったら、調子が悪ければすぐにヤヤが交代して出てくれた。でも、もうヤヤはいない。

葉央はいつもよりもコントロールに気をつけた。フォアボールを出さないように。ムダな球が多いと、早くつかれてしまうから。

対戦チームのおじさんたちは、最初は、

「うわ、空振《からぶ》りだ。君、なかなかやるなあ。」

と、よゆうの表情《ひょうじょう》だったけれど、だんだん静かになってきた。

最後に、ヒットが三本続いてしまって2点取られたけれど、こっちも1点取ることができた。

「2—1で、田奥《たおく》クラシカルの勝利。」

審判《しんぱん》がいって、葉央たちは、

「ありがとうございました！」

と、あいさつした。

やっぱり試合っていいな、と葉央は思う。真ん中にボールが集まるとヒットを打たれやすくなるから、次はもっとコースを突《つ》こう、と課題もできた。

夜、ヤヤに報告《ほうこく》しようと思って、葉央がメッセージの文章を考えていたときだった。

「お兄ちゃん。」

ミントグリーンのカーテンの向こうから声が聞こえた。

「何？」

カーテンを開けると、トモがベッドに寝転《ねころ》んでいた。かたわらにはスマホが転がっている。

「トモ、もう寝《ね》る？　電気消そうか。」

葉央がいうと、トモはアイマスクを見せた。

「いつだって、自分で暗くしてねむれるからだいじょうぶ。」

「お、そんなの持ってるんだ。」

「入院したときから使ってるんだよ。」

「そっか。」

「それより、お兄ちゃん、ぼくにひみつにしてることない？」

「え。」

「それとも、ぼくに話したってしょうがないと思って、気にもしてないのかな。」

ゆっくりとトモは起き上がりながらいう。

「なんのこと。」

「中川ペルセウス、人数が減《へ》ったんだって？」

「ああ、そのことか。」

葉央は、自分のベッドに腰《こし》かけた。

「うちのクラスに、パープルソックスに入部したやつがいて。そんなチームができたのも知らなかったから、いろいろきいてたら、中川ペルセウスから移《うつ》ってきた人も多いって。」

「ああ、うん。」

「こないだお兄ちゃんにチームのこときいたとき、別にふつう、っていい方だったよね。それって、人数が減《へ》っても別にふつうなの？　それとも、ぼくに話すのがめんどうくさかったの？」

トモの口調はたんたんとしている。けれど、強いいい方をしてくるよりも、おこっているのが伝わってきた。

葉央は口ごもった。トモが運動できないって聞いたから野球の話題はさけたんだよ、とはどうしてもいいたくない。

「トモだけじゃない。お父さんにもお母さんにもいってないんだ。」

「え？」

「みんなそれぞれ忙《いそが》しくて大変で、おれの話で、余計《よけい》な心配かけたくないなぁ、って。」

葉央は、ゆかに落ちていた消しゴムを拾った。それを天井《てんじょう》に投げて、キャッチして、をくり返した。

「大変かぁ。ぼく、そんなに大変に見える？」

トモに質問《しつもん》されて、葉央は消しゴムを投げるのをやめた。

「うーん……。今はどんどんよくなってるけど、手術《しゅじゅつ》のとき、大変だったろ？　三週間も入院して。」

「手術《しゅじゅつ》は別にどうってことなかったよ。」

「その前は、左足、すごく痛《いた》がってたろ？　なんでおまえだけ、って思ったし。」

「ふーん。」

「松葉づえに移《うつ》ってからも大変だったろうな、って。おれは経験《けいけん》ないから。」

「それで、ぼくが大変だったことと、野球チームのことを話さない、っていうのと、どう関係があんの？」

「えーと、だから、野球って遊びだからさ。遊びで大変っていうのと、生活で大変っていうのはいっしょにできないよ。だから、おれの遊びの話で心配かけるのは違《ちが》うかな、って思ったんだ。」

「ふーん。」

トモはごろんとベッドに横になった。そして続けた。

「お兄ちゃんは、ぼくを上から見下ろしてるんだ。」

「へ？　何、え、なんでそう思うんだよ。」

葉央がたずねたけれど、トモは答えなかった。アイマスクをつけて、葉央に背中を向けた。

✉ヤヤへ

元気？

おれは元気じゃありません。

トモがさ、よくわからないんだ。

急にきげんが悪くなって、今も何かにおこってるんだけど、なんでだろう。おれはおれなりに、ちゃんと説明したつもりなのに。

それがなきゃ、今日はけっこういい一日だったんだよ。

おとなを相手に練習試合して、おれ、一歩も引かなくて、2点取られたけど、三振《さんしん》も取ってさ。

こっちも1点入れたんだ。おれのライト前ヒットがきっかけだった。

いい気分だったのに、うーん、トモ。

あいつが、わかんない。

トモは今まで大変だったからおれに甘《あま》えたいのかな。ふつうに甘《あま》えるんじゃなくて、攻撃《こうげき》してくる感じになってるけど。

ヤヤはどうなった？

まだ試合には出してもらえないのかな。

デビュー戦で、みんなが森原《もりはら》ヤヤのすごさに気づく。だって、ジャッキー・ロビンソンの末えい……かもしれないし！　遠くから応援《おうえん》してるよ。

葉央より

五月第一週

中川《なかがわ》ペルセウスの絶対的《ぜったいてき》エース、葉央《はお》くんへ

ナイスピッチング！

実際《じっさい》に見たわけじゃないけど、目にうかぶもん。葉央の投球は切れ味がするどくて、キャッチャーのミットに、いい音を立てて入るよね！

わたしは、まだなじめてないなぁ。

ユニフォームだってチームのふんいきだって、中川ペルセウスのほうが絶対《ぜったい》よかったよ、と思っちゃう。

グラウンドにいるカラスの、羽のつやつやっぷりだって、中川市《なかがわし》のほうがいいもん。

（え？　さすがにそれはない？）

ただ、たったひとつ、こっちのほうがすごいかも、って思うことがあるよ。

それはキャッチボール。

試合前に、ふたり一組でしばらくボールを投げ合うのは、中川ペルセウスでもやってたでしょ。でも、なんていうか、てきとうにやってたよね。肩《かた》とひじを動かす準備《じゅんび》運動のつもりで。

桜坂《さくらざか》ナインの場合は、ちがうの。

ピッチャーだったら、一球一球、本当に投球をするような感じで投げるんだ。投げる方向が、打者《だしゃ》の足元じゃないだけ。

練習相手の胸元《むなもと》をめがけて、ずばーっといい球を投げる。軽くぽんぽん投げないで、しっかり構《かま》えてから大切に。

野手《やしゅ》も、キャッチボールで送球の練習をしてる感じ。投げたいところにぴたっと投げられるようにイメージしながら放ってるんだよね。

今日、キャッチャーの巻田裕太郎《まきたゆうたろう》と投げ合ったの。球がずしっと重くて、びっくりした。わたしは最初、へなちょこボールを投げてたけど、みんなのマネして、思いきりストレートをずさーっと、巻田の胸《むね》めがけて投げたよ。巻田が、へえ？　とおどろいていたのをわたしは見逃《みのが》さなかったぜ。

キャッチボールを真剣《しんけん》にやると、すごく汗《あせ》かいていい運動になるし、集中力が増《ま》すんだ。そのあとに投球練習をするときは、もうすでにスイッチが入ってるから、すぐにいい球投げられるんだよね。

よかったら試してみて！

さて、今週末はまた練習試合！

なんと監督《かんとく》に「森原《もりはら》、先発で行くぞ」といわれてしまいましたーっ。

いよいよこっちでデビュー戦だよ。

いつも練習している桜坂中央《さくらざかちゅうおう》グラウンドなので、そんなに緊張《きんちょう》しないかな。

やってやるぅ！

中川ペルセウスの名誉《めいよ》にかけてがんばるヤヤより

ノーボール、ツーストライク。

マウンド上でヤヤは、大きく息をはいた。キャッチャーの巻田が、ミットをどまんなかにかまえる。

相手はバットを小刻《こきざ》みに振《ふ》って、間を取っている。

ヤヤは振《ふ》りかぶって、右腕《みぎうで》をしならせ、左足に体重を移《うつ》しながら、思いきり球を投げた。

バットが空を切った。今日六つめの空振《からぶ》り三振《さんしん》だ。試合終了《しゅうりょう》。

観客席からはくしゅが起きた。守っていた野手《やしゅ》たちがベンチに向かう。

あらら、そのままみんな帰っちゃうのかよ、と思いながら、ヤヤも歩きだした。中川ペルセウスのときは、試合に勝つと、全選手がマウンド付近に集まってハイタッチしたのに。

いや、先週、清水《しみず》が完投したときは、みんな集まっていなかったか？　投手《とうしゅ》がわたしだから、だれも来ないのか。

ベンチにもどると、監督《かんとく》が話をした。今日はこのあと、用事があるそうで、「森原が加入してくれたのは、大きな力になるな。あっちも全国ねらっていこう。」と、手短に終わった。ヤヤは、「あっち」って何？　と思ったけれど、きく前に監督《かんとく》はもう行ってしまった。

魔法瓶《まほうびん》や用具の片《かた》づけをお母さんたちがしている。ヤヤのお母さんはいない。

「ねえ、みんな。森原さん、いい投球だったよね。はくしゅしましょ？　子どもは関係ないんだから。」

幹事《かんじ》の大関《おおぜき》さんがほかのお母さんに呼《よ》びかけて、みんながはくしゅしてくれる。

「子どもは関係ない」という言葉はイヤだなぁ、とヤヤは思う。大関さんの頭のなかに、うちのお母さんのことがうかんでいる。それが伝わってくるから。

でも、はくしゅしてくれたのが居林監督《いばやしかんとく》と中川ペルセウスの仲間だったら、わたしはきっとうれしかったはず。

だから、半分目を閉《と》じて、おじぎをした。

「ありがとうございました。野手《やしゅ》のみんながよく守ってくれたおかげです。」

プロ野球選手がヒーローインタビューでよくいっている言葉を、マネしてみた。

でも、野手《やしゅ》たちは、それを聞いてもちっともうれしくなかったみたいで、みんなさっさと帰り支度《じたく》をしている。

いいもん、別に。そう思いながらヤヤも片《かた》づけた。

「おつかれ、お先！」

ヤヤに声をかけてきた人がひとりだけいた。キャッチャーの巻田だ。グラウンドのわきに止めていた自転車に乗って、さっと帰っていく。

わたしも自転車があったらいいな。そう思いながら、ヤヤが荷物をまとめたころには、もうベンチは空っぽになっていた。

ひとりだなぁ。家に向かって歩きながら、ヤヤはため息をついた。視線《しせん》を下に向けたら、ユニフォームのよごれが目に入った。しっかり洗《あら》わなくては。

背番号42のユニフォーム。ジャッキー・ロビンソンと同じ数字。この人、きっと、もっともっとひとりぼっちだった。

ジャッキー・ロビンソンは、アメリカのプロ野球選手だ。二十世紀に入って、現代《げんだい》につながるメジャーリーグの組織《そしき》が整ってから初めての、アフリカ系《けい》アメリカ人選手だった。

本名は、ジャック・ルーズベルト・ロビンソン。一九四七年に、メジャーリーグでデビューした。ドジャースという球団《きゅうだん》のオーナーが、ロビンソンをさそったのだ。でも当時、それは大変なできごとだった。そのころはアメリカ南部の州を中心に、黒人は公然と差別されていたから。

白人と黒人が同じグラウンドで野球をするなんてありえない！　と本気で考えている人たちが大勢《おおぜい》いた。同じレストランに入るのもダメだし、バスでも白人と黒人で座《すわ》る場所が分けられていたほどだったのだ。同じホテルに泊《と》まるなんて、もってのほか。

だからロビンソンはドジャースの試合で、アメリカ南部へ遠征《えんせい》に行くと、ほかの選手と同じホテルに泊《と》まることは許《ゆる》されなかった。ひとり、別の場所に泊《と》まらなくてはならなかった。

そのとき、ひとりぼっちでさびしく、くやしかっただろうな、とヤヤは思う。

ジャッキー・ロビンソンはジョージア州出身で、ヤヤのお父さんはカリフォルニア州出身。たまたま同じ名字というだけだ。

それでもヤヤは、この人のことを考える。ジャッキーだったらどうしただろう、とよく想像《そうぞう》する。


月曜日。

給食の最中、ヤヤはリコーダーを忘《わす》れたことに気づいた。四時間目の授業《じゅぎょう》が音楽室だったので、置いてきてしまったのだ。

そうじの時間になってから、ヤヤは急いで取りに行った。

ろうかの角を曲がると工作室で、その奥《おく》が音楽室だ。さらに先のわたりろうかをこえると体育館がある。角を曲がりかけて、ヤヤは立ち止まった。

工作室の前の掲示板《けいじばん》に、ふたりの男子がもたれて立っていた。木口《きぐち》と菅原《すがはら》。ヤヤが投げているときに後ろで守っていた外野手《がいやしゅ》だ。

声をかけようかなと、ヤヤは一歩ふみだしかけたけれど、やっぱりやめた。ふたりの会話のなかに、自分の名前が出てきたから。

「森原ヤヤってさぁ、あいつ、エースの座《ざ》を持ってっちゃう気かな。」

そういっているのは木口だ。答えているのは菅原だ。

「背《せ》がでっかいもんな。球はたしかに速い。」

「でもさー、清水がかわいそくね？」

「まあ、でも今のうちだけらしいしな。女子が活躍《かつやく》できるのは。」

「今のうち？」

「中学はまだいいとして、高校になったらさ、春のセンバツや夏の大会に、女子の選

手は行けないんだってさ。」

「そういう決まりがあんの？」

「女子だけの別の大会はあるけど、テレビでやってる甲子園《こうしえん》の春の大会や夏の大会は、女子は出られないらしい。」

ヤヤは、頭が熱くなってくるのを感じた。会話が聞こえなくなった。木口はともかく、「甲子園《こうしえん》に行けない」とはっきりいった菅原をひどいと思った。

ヤヤは、会話に割《わ》りこむ自分を想像《そうぞう》した。

甲子園《こうしえん》に出られないのはわたしのせいじゃないんですけど、何か？

実際《じっさい》には一歩も動けなかった。

木口と菅原がこちらに向かってきたら気まずかったが、ふたりは逆方向《ぎゃくほうこう》の体育館側へ歩いていった。

ヤヤは、自分はなんでここにいるんだっけ、と考えて、リコーダーのことをようやく思い出した。音楽室をのぞくと、窓際《まどぎわ》から二列目の席に置かれたままだった。

音楽室のそうじ当番はまだ来ていない。ヤヤはいすに腰《こし》かけた。みんなが自分を敵《てき》としてあつかうのは、イヤだ。でも、かわいそうと思われるのは、もっとイヤだ。

いつか甲子園《こうしえん》に出場してほしい葉央へ

今までわたし、あんまりイヤなことは書かないようにしてた。書かないというか書けないんだよね。自分がうまくいってるふうに見せたいのかな。葉央がいつも考えてることをそのまま書いてくれてて、うれしいなと思ってるのに、わたしは書けなかった。

でも書くね。

ほかのだれにも話せないから。

チームに友達はいないし、クラスの女子は野球に興味《きょうみ》ないし、お母さんに話したら、「だったら野球チームなんてやめちゃいなさいよ」ってきっというもん。お母さん、最初の日だけチームに顔を出したんだけど、大関さんっていうボスと、もめちゃって。わたしね、土曜日の試合で完投して勝ったのに、だれにも喜《よろこ》ばれてません。それどころか、あいつは女子で、このまま野球やってもどうせ甲子園《こうしえん》出られない、なんて陰《かげ》口《ぐち》いわれてたんだよ。

ひどいよね。

仕返しをする自分を想像《そうぞう》しちゃった。でもやりません。

だって、わたしの尊敬《そんけい》する人はジャッキー・ロビンソンだもん。

ロビンソンがメジャーリーグの試合に出るときね、ドジャースというチームのオーナーと約束したの。

「やり返さない勇気を持つ。」

ほら、ロビンソンは黒人で、言葉でひどく傷《きず》つけられたり、暴力《ぼうりょく》をふるわれそうな場面もあったり。でも、どんなときも「やり返さない」。すごいよね。わたしも見習おうと思って。

あと、お母さんのこともちょっと考え直した。お母さんが、チームのお手伝いはしたくない、といって大関さんともめたのが、わたしはイヤだったの。でも、お母さんは、女性《じょせい》の保護者《ほごしゃ》はみんなお手伝いするのが当たり前という決まりに、反対したんだよね。わたしもお母さんも、目の前にあるかべは同じなのかもって気がした。

葉央のほうはどう？　トモくんとはその後、うまくいってる？

わたしね、思ったんだ。トモくんは野球にさそってほしいのかもって。葉央は、トモくんが野球できないから、中川ペルセウスの話をしないようにしてるみたいだけど、本当はどんどん話してほしいんじゃないかな？　練習できなくても、一年生のころみたいに、試合を見学したいのかも？

もし、うまく会話できなくて、イヤな思いをしたとしても、そこはわたしと同じようにしてね。

「やり返さない勇気を持つ。」

おたがいがんばろーっ！

試合で三振《さんしん》6個《こ》も取っちゃったヤヤより

五月第二週

✉ヤヤへ

すごいよ。ヤヤって遠くにいるのにおれが見えるの？　千里眼《せんりがん》とかいうやつ？

実はちょうどさ、トモとあんまりしゃべらなくなってたとこ。

やり返す、っていうわけじゃないけど、向こうがそっけないならこっちもさわらないようにしとこうかな、みたいな。

部屋を仕切るカーテンを開けなくなってたんだ。

でも、メッセージをもらって、思いきってカーテンを開けてみた。

トモは本を読んでた。顔を上げてこっちを見たから、いったんだ。

「今度の土曜、ペルセウスの練習、見に来る？」

つっけんどんな返事が来ても、おどろかない覚悟《かくご》をしてたら、トモがにこっと笑ったんだ。

「行っていいの?」

「あ、うん。」

思いがけなかった。あわてて付け加えたんだ。

「じゃあ、お父さんかお母さんに車で送ってもらったほうがいいよな。」

ほら、うちから運動公園までは歩いて二十分以上かかるだろ。早めにたのんでおかないと、都合がつかないっていわれるかもしれないから。そしたらトモはいったよ。

「歩く。」

「わかった。」

トモはまた本を読み始めたよ。

おれ、トモはもう野球に興味《きょうみ》ないと思ってた。あったとしても、自分はまだスポーツできないから、人がやってるのを見たくないだろうな、って。

先回りして、いろいろと考えてあげてたつもりだったけど、そういうのいらなかったんだな。

ほんと、ヤヤありがとう！

お返しに、おれはそっちに行って、菅原《すがはら》と木口《きぐち》ってやつに説教したいけど、そうだ、やり返さないんだった。

ピッチングのすごさでねじふせようぜ。次の試合もがんばれ！

葉央《はお》より

葉央はいつもよりも十五分早く家を出た。トモはゆっくり歩くから。お父さんもいっしょだ。

川沿《かわぞ》いの道を、上流に向かって歩く。コンクリートの堤防《ていぼう》の間を、水が流れていく。風情《ふぜい》のない、街中の川だ。でも、ところどころに岸があって、雑草《ざっそう》が生えている。カワウが羽を広げていた。

踏切《ふみきり》が近くなってきたところで、お年寄《としよ》りとすれちがった。腰《こし》がほぼ九十度曲がっている。車輪のついたキャリーバッグをつえ代わりにして、両手で支《ささ》えて歩いている。葉央たちは軽くおじぎをした。でもその人はこっちを見なくて、そのままゆっくりゆっくり歩いていった。

「三保《みほ》さんだ。ずいぶん年取られたな。」

はなれてから、お父さんがつぶやいた。

「え、三保さんって、子ども会の会長やってたおばさん？　同じ人だって、わからなかった。」

葉央がいうと、お父さんはうなずく。

「二、三年前まではお元気だったのに、つらそうだよな。みんなに今のすがたを見られるのもきっと苦しいと思うよ。車だったら、お送りできたんだけども。」

踏切《ふみきり》が鳴りだして遮断機《しゃだんき》が下りた。電車を待っているとき、トモがぽつりといった。

「そういうふうに見られるのが一番つらいんじゃないかな。」

「え？　さっきの三保さんのことかい。」

お父さんがきいた。トモはぶすっとした顔でうなずく。

「どうして、つらいって決めつけるんだろう。腰《こし》が曲がった人はだれでもつらいわけ？　もしかしてうれしくて、心はぴょんぴょん飛びはねてるかもしれないよ？」

「まさか、それはない――。」

「ずっと入院してたり、家で病気で寝《ね》てたりして、やっと治って外に出られて、歩けて、もう最高だーっ、と思ってるかもしれない。」

「え。」

「まっすぐ、すっすと歩くのだけが幸せで、ゆっくり歩いたり、腰《こし》が曲がってたりしたら不幸って決まってるわけ？」

「あ、なるほどな。そういう考え方もあ――。」

お父さんの返事は、やってきた電車の音にかき消されて聞こえなかった。トモがもうひと言何かいったけれど、それも耳に届《とど》かなかった。

でも、葉央はきき返さなかった。頭の中を猛烈《もうれつ》にぐるぐると考えが巡《めぐ》っていたから。

そうか！　だからトモはおこっていたんだ。

自分が前に、トモに話したことを、葉央は思い出していた。

野球チームのトラブルなんか、くらべものにならないほど、トモは大変で、苦労してつらかったはず、と葉央はいった。でも、そう決めつけてしまうことで、トモは野球の話ができなくなっていたのではないか。

松葉づえがなくなったとはいえ、まだスポーツはできない。それはかわいそうだ、と葉央は思っていた。

でも、トモは逆《ぎゃく》のことを考えていたのでは？　前は痛《いた》くてたまらなかったのに、今は痛《いた》みなしで歩けるから、きっとすごくうれしいんじゃないだろうか。ゆっくりだとしても別にかまわない、と。野球をやれなくても、見に行きたい！　と思っているのに、家族も周りも、かわいそう、という態度《たいど》だから、それは違《ちが》うと伝えたかったのではないか――!?

踏切《ふみきり》をわたって、運動公園の第一グラウンドの前を通って第二グラウンドに着くと、すでにみんな、準備《じゅんび》運動で走っていた。

「居林監督《いばやしかんとく》！　今日は見学の男子一名、連れてきました。」

葉央が元気な声を出すと、監督《かんとく》は振《ふ》り返って、

「おおーっ、友起《ともき》じゃないか！」

と、目じりにしわをいっぱいつくって笑っている。

「ぼく、見学だけじゃなくて、手伝えるよ。」

トモがいう。お父さんと葉央は思わず顔を見合わせたが、監督《かんとく》はうなずいた。

「よぉし、じゃあ、あとでノックをやるから、友起はわたしにボールをわたす係やってくれるか？」

「オッケー！」

トモの声がはずんでいる。

そうか。周りが全部決めちゃわないで、本人にきけばいいんだ。やれること、やれ

ないこと。トモがだれよりもわかっているのだから。

帰っていくお父さんを見送ってから、葉央はベンチに荷物を置いた。

そのときだった。別の声が聞こえた。

「あの、おれも見学……。」

声に聞き覚えがありすぎる。葉央はぐるんと首を回した。

やっぱり、港斗《みなと》だった。

「なんでだよ。パープルソックスに行って、運命の監督《かんとく》に習ってるんじゃないのかよ。」

葉央は、そうツッコまずにはいられなかった。ランニングしていた純平《じゅんぺい》、悠《ゆう》、明文《あきふみ》、総《そう》、圭人《けいと》が、港斗に気づいてこちらに向かって走ってくる。

「運命の監督《かんとく》はやっぱり、ここにいた。」

そういって、港斗は上目づかいでちろっと居林監督《かんとく》を見ている。

その様子がなんだかおかしくて、葉央は笑ってしまった。

監督《かんとく》も苦笑いをうかべている。

「うちは、来る者もこばまず、去る者も追わずだから。」

なぜもどってきたのか、監督《かんとく》は理由をきかなかった。

メンバーが勢《せい》ぞろいしたところで、

「前にいた仲間がもどってきたぞ。」

と、トモと港斗を同じような感じで紹介《しょうかい》した。港斗は頭をかきながらうつむき、トモは笑みをうかべながら、見覚えのある先輩《せんぱい》に手を振《ふ》った。

「じゃあ、いつもどおりキャッチボールから始めようか。」

監督《かんとく》がいったので、葉央は港斗のスウェットシャツのそでをつかんだ。

「やろうぜ。」

「お、おお。」

「いつもと違《ちが》うキャッチボール。」

「ん?」

「ガチで投げるんだ。本当に試合中の球みたいに。」

「何それ。」

「ヤヤが入った新しいチームではそうやってるんだって。キャッチボールにめちゃめちゃ力入れてるんだって。教えてくれたんだ。」

「へー、ヤヤが。」

ふたりで距離《きょり》を置いて向かい合った。まず葉央が港斗に投げる。これは手慣《てな》らしの軽く投げるやつ。続いて港斗。同じように軽い球が返ってくる。葉央は、

「ストレート、胸《むね》どまんなか。」

といって、強く投げた。

「おおおー。」

受けた港斗は、一歩、あとずさりしている。

「ようし、おれも、あ、やべ。」

港斗が投げ返してきた球は、すっぽ抜《ぬ》けて葉央の頭の上を飛んでいってしまった。

葉央が球を取りに行こうとしたときだった。

転がるその球を拾ってくれた人がいた。トモだ！　みんなの球拾いをしようと、グラウンドの三塁側《さんるいがわ》にいつの間にか歩いていったみたいだ。

投げられるのかな。転がしてもいいぞ。

そう思ったけど、葉央はいうのをやめた。投げられるか投げられないか、決めるのはトモだ。

「おーい、トモ！　こっち。」

「オッケー。」

トモは投げ返してきた。足に重心をかけずに腕《うで》だけ振《ふ》って投げてきたので、その球はツーバウンド、スリーバウンドしたけれど、葉央のところにもどってきた。

「ナイス！　トモ。」

葉央がボールを受け取ると、トモがにっと笑った。

✉ヤヤへ

ありがとう！

ヤヤのおかげだよ。

トモがおれに笑いかけてくれた！

中川《なかがわ》ペルセウスの練習についてきたトモは、監督《かんとく》のノックの手伝いしたり、キャッチボールで球がそれたときの球拾いをしたり、自分がやれることをどんどん見つけてるんだ。

さらにこの日は、夏休みの絵日記とか書いてたら、一ページじゃおさまらないほどのできごとがあったよ。

なんと！　港斗が帰ってきたんだ。

パープルソックスをやめたんだって。

練習のあとに理由をきいたら、飛田《とびた》さんに「キャッチャーじゃなくて内野手《ないやしゅ》をやれ」っていわれたんだって。キャッチャーはもう足りてて、港斗は肩《かた》が強いからショートかサードに向いてるって。

でも、やっぱりキャッチャーをやりたいと思ったんだってさ。

あと、飛田さんは、もう引退《いんたい》しているけど、プロ野球関係の仕事をいろいろしてていそがしいらしい。テレビの解説《かいせつ》の仕事やったり、新聞記事書いたり。だから、たまにしか来られなくて、ふだんは別のコーチが指導《しどう》してる。飛田さんが来ても、部員は五十人以上いるから、こっちから話しかけるとか、難《むずか》しいんだって。

それでもさ、やめたチームによくもどってきたなぁ、っておれいったんだ。いやみじゃなくて、本当にそう思ったから。

そしたら、港斗は、「葉央のおかげだよ」っていってきたんだ。

え、なんで？　びっくりした。

こないだグラウンドに行く手前で会ったとき、おれがふつうにしゃべってきたからだって。

「もし、口きいてくれないとか、おこってる様子だったら、もどれなかった。」

といってた。あのとき、内心ショックだったんだけど、ツンツンしなくてよかった！

港斗が買ったばかりのパープルソックスのユニフォームは、あんまりよごれてないから、新しく入ってきた人が引き取ってくれることになったんだって。よかった。ムダにならなくて。

そういうわけで、こっちは八人。トモを足して九人。まだ試合はできないけど、楽しく練習するよ。

ヤヤは今、どんな感じかな。

野球チームにだれか友達できるといいのにな。

いや、できなくても、ペルセウスだましいがあるからだいじょうぶ！

みんなでヤヤのこと、応援《おうえん》してるから！

葉央より

五月第三週

人格者《じんかくしゃ》・葉央《はお》さま

さすが葉央さんですね！

前に葉央、自分が人望ないから五人も他のチームに行っちゃったようなこと書いてたけど、港斗《みなと》がもどってきたのも、トモくんが笑顔になったのも、葉央のおかげだからね！

もっと書きたいけど、今から出かけなきゃいけません。

今日は練習が中止だと思ってたの。

雨がザーザー降《ふ》ってるから。

どうせ明日日曜は試合があるし。

なのに、室内練習とミーティングやるんだって。
桜坂中央《さくらざかちゅうおう》グラウンドのはしっこにある自治会館で。
さっき、連絡《れんらく》が来て知ったから、あわててるんだ。
はい、雨ですべってずっこけないように気をつけますよ！
　　　　　　　　　　雨の日はちょっと苦手なヤヤより
じゃまたね。

室内でミーティングなんて、中川《なかがわ》ペルセウスではやったことがなかった。

自治会館のホールはふだん、おじいちゃんが通っている将棋《しょうぎ》のほか、生け花や工作などいろんな講座《こうざ》で使われているけれど、今日は空いていたそうだ。

監督《かんとく》がいすに座《すわ》り、部員三十一人が半円の形に広がってゆかに座《すわ》っている。そして保護者《ほごしゃ》七人は後ろのパイプいすに腰《こし》かけていた。

「まずは『キャッチボールクラシック』の話からしようと思う。」

何それ？　ヤヤはそっと周りを見回したけれど、みんなは知っているようだ。首をかしげている人はだれもいない。

「今年、うちの県のキャッチボールクラシック県大会は、七月の最後の日曜になった。」

おお、と小さい声があちこちから聞こえた。ポキポキ、と指の骨《ほね》を鳴らす音も。

「その日はチーム花平《はなひら》と練習試合をすることになっていたんだが、もちろん花平もこの大会に参加するそうなので、おたがい同意のもとで中止とする。」

監督《かんとく》はファイルを開いて、紙をぺらっとめくった。

「なお、会場は佳和市《かわし》の県営《けんえい》スタジアムになった。」

佳和市は、この桜坂《さくらざか》の街と、葉央たちがいる中川市《なかがわし》の中間くらいにある大きな都市だ。正確《せいかく》には、中川市にやや近い。

「そして全国大会は、まだ詳細《しょうさい》は明らかではないが、となりの県での開催《かいさい》が決まっている。出場者と補欠《ほけつ》は、マイクロバスを出す。それ以外の応援《おうえん》、見学者は自力で行ってもらうことになるが、電車でも車でも一時間半ほどで着くと思う。」

「よしゃあ、今年こそ一位で行くぜ。」

菅原《すがはら》がいう。ということは、去年は一位になれなかったのか、とヤヤは考えた。

その後、ストレッチや素振《すぶ》りをやって解散《かいさん》した。

先ほどは大雨だったが、霧雨《きりさめ》に変わっていた。

「おい、カタツムリが五ひきもいるぜ。」

と、男子たちが入り口でさわいでいたけれど、ヤヤはその横にあるカサ立てから、すっと自分のカサを取って、走って帰宅《きたく》した。

夜、スマホで「キャッチボールクラシック」を検索《けんさく》してみた。

「へえ、こんな大会があるんだ。」

ヤヤは思わずつぶやいた。

九人一組で参加する小学生の大会。四人と五人の列に分かれ、七メートル離《はな》れてキャッチボールをする。投げた子は自分の列の一番後ろに回る。競技《きょうぎ》時間は二分間。その間に、何回投げられるかを競争する。1回投げたら「1」、ボールが行ってもどって往復《おうふく》すると「2」と数える。

ヤヤは頭のなかで計算してみた。1回投げるのを三秒としたら……あれ、三秒って短すぎるかな……二分間で40回投げることになる。すごいな、と思いながら、ヤヤは過去《かこ》の全国大会の結果を見てみた。

「うそでしょ?」

40なんてものではない。90をこえているチームがいくつもあるではないか。なんと100以上も。

部屋のかべにかかっている時計の秒針《びょうしん》をヤヤは見つめた。

秒針《びょうしん》が二周する間に、100回以上投げる? つまり、1回投げるのに一秒くらいで、その一秒後にはもう向こうから球が返ってくる?

全国大会って、そんなレベルなの?

頭がくらくらしてしまう自分は、メンバーの九人には入らないような気がした。

どっちにしろ、仲間はずれにされている今、入りたいとも思わない。

この大会だけ、中川ペルセウスのメンバーと出られたらいいのになぁ。楽しく戦え

0.07
0.37
0.68
1.02

るだろうし、わたしにだってすごく仲のいい友達がいるんだってこと、県大会で桜坂ナインのやつらに見せつけられるしさ――。そんな想像《そうぞう》をしながら、ヤヤはベッドに転がって、そのままねむりに落ちた。


翌日《よくじつ》は練習試合だった。くもっていて湿度《しつど》が高い。

先発は清水《しみず》で、0点に抑《おさ》えていて絶好調《ぜっこうちょう》かと思ったら、熱があったらしく、顔がどんどん赤くなってきた。昨日の雨で風邪《かぜ》を引いたのかもしれない。

それで、ヤヤが三回からマウンドに上がった。

また前回と同じように、だれも話しに来ない。ひとりぼっちの投球。

しかも六回裏《うら》には、味方のエラーがふたつも続いた。レフトが外野《がいや》フライを落球して、ノーアウト二塁《にるい》。さらにセカンドが、なんでもないゴロをぽろっと落として、ノーアウト一《いち》、三塁《さんるい》。

この人たち、わざとエラーしてるのかな。わたしが点を取られたらいいと思って。

マウンド上のヤヤは、頭が熱くなってきたのを感じた。そのせいでフォアボールを出してしまって、満塁《まんるい》。大ピンチになった。

こういうとき、中川ペルセウスだったら、「はいはいはい、落ち着けモチつけ」とかいいながら、ショートを守っている葉央がマウンドに来てくれて、「なんだその変なダジャレは」とツッコんでいる間に、本当に落ち着くのに。

ヤヤが前歯で下くちびるをぎゅうっとかんでいると、キャッチャーの巻田裕太郎《まきたゆうたろう》が立ち上がってマウンドまで歩いてきた。振《ふ》り向くと、内野手《ないやしゅ》四人も集まってくる。

「わりぃ。」

そんな声が聞こえて、ヤヤは目を見開いた。謝《あやま》られた!

いってきたのは、エラーをしたセカンドの中田《なかた》だった。

そうか。そうだよな。ヤヤは、誤解《ごかい》してごめん、と心のなかで謝《あやま》り返した。わざとエラーして負けたい人なんているわけないいんだから。

巻田がグローブを口元に当てて、口の動きを相手チームに読まれないようにしながら、ささやいてきた。

「まず三振《さんしん》取って、そのあと、内野《ないや》ゴロでダブルプレーとかねらいたいな。」

「わたし、スローボール投げられるんだけど。」

ヤヤが返事すると、巻田は目を見開いた。

「初めて知った。」

「だって、サインとか決めてないから投げられないじゃん。」

「ストレートだけって思いこんでて。わりぃ。おれがちゃんと、きくべきだった。」

こいつ、いいキャッチャーだな、とヤヤは思った。「わりぃ」といってくれたことで、ヤヤのなかからイライラする気持ちが完全に消えた。

むしろ、ノーアウト満塁《まんるい》からのわたしの力を見てろよ！　という気持ちがわきおこってきた。

「今、急にスローボール投げるのは危険《きけん》すぎるよね。」

ヤヤはたずねた。もし巻田がキャッチしそこなったら、三塁《さんるい》ランナーがホームに走ってきて、1点入ってしまう。

「かなり落ちる?」

「うん、まあ多少は。」

「よし、じゃあ、ツーストライク取ったら、投げてみてくれよ。全力で取るから。」

「オッケー。」

打者《だしゃ》が、バッターボックスに入った。バットの先をゆらゆらと振《ふ》って、タイミングを計っている。

思いきりストレートを投げこんだ。ストライク。一球はずしてボールを投げたが、打者《だしゃ》が空振《からぶ》りしてくれた。

ようし。ヤヤは息をはいた。自分より相手のほうが緊張《きんちょう》している。

巻田が、人差し指を下に向ける。そういえばスローボールのサインを結局決め忘《わす》れた。でも今のでわかる。

ヤヤはボールを手のひらでにぎった。ストレートと同じフォームで、投げる瞬間《しゅんかん》に指の腹《はら》でおすようにした。相手は、今度こそストライクが来たと思ったらしく、思いきりバットを振《ふ》った。ボールは落下していく。

「よし！」

ガッツポーズしながら何気なく振《ふ》り返ったら、ファーストの小山内《おさない》が、人差し指を上げて、「ワンナウト」のポーズを取ってくる。

今までひとりぼっちで投げていると思っていた。でも、やっぱり野球ってみんなでやっているんだな、とヤヤは感じた。力がわいてくる。

次の打者《だしゃ》も三振《さんしん》に仕留《しと》めた。でも、最後の打者《だしゃ》はしつこくファールを打つ。そしてついに、バットにしっかり当てて、はじき返した。

はっ、まずい。

内野《ないや》を抜《ぬ》けて外野《がいや》に転がってしまう！　とヤヤが後ろを向いたとき、セカンドの中田がダイビングキャッチしているのが見えた。ボールはグローブからこぼれていない。セカンドライナーだ！

ノーアウト満塁《まんるい》から無失点。見事にピンチをしのいだ。

野手《やしゅ》はエラーをするときもあるけど、こうやってしっかり守ってくれる。だからこそひとつのチームとして勝ちに向かっていける。

ベンチの前にもどったヤヤは、野手《やしゅ》がもどってくるのを待った。中田、それからほかの内野手《ないやしゅ》、外野手《がいやしゅ》とハイタッチを交わした。正確《せいかく》にいえば、ひとりだけ例外がいた。

「ヤヤは甲子園《こうしえん》に出られない」と以前いっていた菅原。あいつとだけはハイタッチしたくないなと思ったヤヤは、菅原が外野《がいや》からもどってくる前に、水を飲みに行った。

試合後のミーティングを終えてから、ヤヤはベンチで帰り支度《じたく》をした。前は、自分が最後にひとりぽつんと残されていたけれど、今日は監督《かんとく》と話している人がいたり、グローブを手入れしている人がいたり、何人も残っている。

「お先に失礼しまーす。」

ヤヤがいうと、清水が

「おつかれ〜」

といってくれた。風邪《かぜ》だから早く帰ったらいいのに、最後まで残っていたのだ。

ヤヤが歩きだすと、後ろからチリンチリンと自転車のベルが鳴った。道を空けるためによけると、巻田だった。ぱっと自転車から降《お》りて、ヤヤといっしょに歩きだした。

「スローボール、いい球だった。あ、ストレートもいいけど。」

「今度、キャッチボールで、もっとスローボール投げるよ。」

「おう、じゃあ次の練習はおれとキャッチボールな。予約。」

「オッケー。」

このチームに入って、だれかと約束をするのは初めてだ、とヤヤは思った。でも、そのことはいわずに、別のことをきいた。

「そういえば、キャッチボールクラシックって去年出た？」

「おれ？　出たよ。」

「どうだった？」

「くやしかった。チームは県三位だったんだ。」

「えっ、じゅうぶんすごくない？」

「全国大会は県二位までなんだ。ぎりぎり出られなかった。」

「そっか。そのときの記録、いくつ？」

「86回。」

「うわ、そんなに？」

「練習では90回こえたけど、本番ではボールをそらしちゃって。」

「それると減点《げんてん》？」

「減点《げんてん》にはならないけど、走ってボールを取りに行かないといけないから、そのぶん、キャッチボールできる時間が減《へ》る。」

「難《むずか》しそう。」

「森原《もりはら》も、選ばれると思うぜ。」

「プレッシャーだなぁ。」

「森原って長いな。あだ名ねーの？」

「え。」

「モリーとか？」

ヤヤは笑ってしまった。モリーって、一度も呼《よ》ばれたことがなかったから。

「それでもいいけど、ふつうにヤヤでいいよ。」

「じゃあ、ヤヤ。」

巻田のあだ名もきこうかと思ったけれど、ほかのメンバーに「マキタ」と呼《よ》ばれているのを聞いたから、きっとそのままなのだろう。

「じゃ、また来週！」

自転車に乗りこんで、巻田が軽やかに走りだした。

「また！」

ヤヤも手を振《ふ》った。

✉中川ペルセウスの一番星・葉央へ

こんにちは！

きのうはあわてててメッセージ送っちゃってごめん。

今日はいいことあったので報告《ほうこく》します。

初めて、こっちのチームのキャッチャー、巻田や野手《やしゅ》といろいろしゃべったんだ。

マウンドで大ピンチ（なんとノーアウト満塁《まんるい》ですよ）になって、それを見事に無失点で切り抜《ぬ》けたの。

わたし天才！　じゃなくて、みんなのおかげなんだよ。

よく考えたら巻田って、最初からちょこちょこ声はかけてきてくれてたんだよね。ほかのやつらは、わたしをしばらく警戒《けいかい》していたけど、だんだん仲間として認《みと》めるようになってきた？

ところで話は変わるんだけど。

葉央は「キャッチボールクラシック」っていう大会知ってる？

こないだ、うちのチームは準備《じゅんび》運動でキャッチボールをしっかりやってる話をしたじゃない？　それって、実は大会に参加するため、というのもあるみたい。

九人で参加して、四人と五人で向き合って入れ替《か》わりながらキャッチボールのリレーをやるの。

野球の試合はもちろんおもしろいけど、キャッチボールも奥《おく》が深いなと思って。

全国大会はすごくレベル高くて、大変みたいだけどね。

よかったら、スマホで「キャッチボールクラシック」で検索《けんさく》してみて！

急に元気になってきたヤヤヒヒーンより

五月第四週

ヤヤへ

キャッチボールクラシック？　何それ？　日本代表が出場する「ワールドベースボールクラシック」みたいな名前でカッコいいな！

今、検索《けんさく》したら大会に出場した強いチームの動画が出てきたよ。なんだよ、これ。捕《と》ってすぐ投げて、また捕《と》ってすぐ投げて。おれの知ってるキャッチボールとだいぶちがうよ。すげえ。

あ、いうのおくれたけど、そっちでもいい仲間ができてきたみたいで、よかったなーっ。

港斗《みなと》もヤヤが元気か心配してたから、伝えるよ。キャッチャーって、ピッチャーと組む大事な相棒《あいぼう》だから、そいつがいいやつみたいで安心した。

キャッチボールクラシックの県大会で会えるかな。

あ、今、テキトーなことをいったけど、これってもしかして実現《じつげん》できるかな。

うちは七人だったのが港斗がもどってきて八人。あと……トモもこういうキャッチボールならできるんだろうか。たくさん走ったりスライディングしたり、っていうのは難《むずか》しいらしいけど、歩くことはできるわけだから、投げて後ろに回って、また投げて、というのだったら、そんなに動かないもんな？

前だったら、「ダメかもしれないし」とか「トモに期待させてけっきょくダメならかわいそう」とかいろいろ考えたけど、もう自分の頭のなかで結論《けつろん》を出すのはやめて、どんどん人にきいてみるよ。

さっそくトモとお父さんに相談してみる。

あ、その前に監督《かんとく》とほかのメンバーにも、こんな大会があるんだよ、参加しませんか、ってきいてみなくっちゃ。

葉央《はお》より

「キャッチボールの大会か、なるほど。」

お父さんはパソコンの画面を真剣《しんけん》に見ている。葉央はキャッチボールクラシックの全国大会の動画を見つけたのだった。それをお父さんに見せて、トモも参加できそうか、きいているところだった。

葉央は、居林監督《いばやしかんとく》にもメッセージを送った。すると電話がかかってきた。監督《かんとく》はこの大会を知らなかったらしい。キャッチボールの競技《きょうぎ》があるなんてすばらしいじゃないか、ぜひ出よう！　と乗り気だった。

トモも、葉央の話を聞いて、幼稚園《ようちえん》のころに使っていたビニール製《せい》の小さいボールを部屋から持ってきて、天井に向かって投げ上げている。

「実際のところ、トモの足って今どうなの？　歩けるんだから、少しは早い動きしてもいいのかどうか。」

葉央は質問《しつもん》した。お父さんは、パソコンでトモの病名を検索《けんさく》した。そして、大腿骨《だいたいこつ》のレントゲンの写真が写っている画面を見ながら、説明してくれる。

「トモの病気は大腿骨《だいたいこつ》が、壊死《えし》といって、つぶれてしまうものだったんだ。おとながなると、骨《ほね》は再生《さいせい》しない。でも、子どもだともう一度骨《ほね》が新たにできるんだ。骨《ほね》ができると一安心で、トモはもうその段階《だんかい》には来てる。ただ、まだ成長が終わったわけじゃないから、あんまり骨《ほね》に負担《ふたん》をかけないほうがいい、ってお医者さんにいわれてるんだ。」

トモは、松葉づえがいらなくなってからは、三週間に一回、こども総合医療《そうごういりょう》センターに通って、骨《ほね》の状態《じょうたい》を先生にチェックしてもらっている。

「その『あまり負担《ふたん》をかけない』というのがどの程度《ていど》のことなのか、父さんには細かいことまではわからないんだ。」

「先生ならわかる?」

話に割《わ》りこんできたのはトモだ。

「そんなにトモはキャッチボールしたいのか。」

「うーん、別に。中川《なかがわ》ペルセウスが人数少なくて出られないなら、かわいそうだと思っただけだよ。」

たんたんとトモはいうけれど、うそだね、と葉央は思った。さっきからボールをずっと投げ上げ続けている。やりたい様子が伝わってくる。

「次の先生の診察《しんさつ》っていつ？」

「今度の水曜。」

「じゃあ、おれもついていっていい？」

そう葉央がきくと、お父さんがびっくりした顔をした。

「葉央も行くのか？」

「先生にきくのに、おれがいたほうがいいでしょ？」

こども総合《そうごう》医療《いりょう》センターへは何度も行ったことがある。診察室《しんさつしつ》に入ったことはないけれど、事務《じむ》の人や看護師《かんごし》さんには「友起《ともき》くんのお兄ちゃんね」と覚えられていた。

「トモも、先生にきいてみたいか？」

お父さんがきくと、トモはうなずいた。

こども総合医療《そうごういりょう》センターへ行くには、お父さんの運転する車で三十分近くかかる。

駐車場《ちゅうしゃじょう》から建物に向かって歩いていると、ツバメが二羽、飛び回っているのが見えた。この近くに巣があるようだ。

受付の前のろうかを左に曲がったところに、整形外科《せいけいげか》の診察室《しんさつしつ》がある。

トモとお父さんが先に入り、葉央が続いた。お母さんもいっしょに来たのだが、人数が多すぎるから、待合室に残った。

先生は診察《しんさつ》の最後に、

「今日はお兄さんも来たんだね。」

と、いってくれたので、葉央はキャッチボールクラシックのことを話した。そして持ってきたお父さんのタブレットで、動画を見せた。

「ふむ……。」

先生は口をぎゅっと結んで動画を見つめ続ける。

ああ、このくらいの運動ならもちろんいいよ、といってくれるかと思っていたのに、どうもそうではないみたいだ。

「これ、実は体がかなり動いているよね。投球したあと、列の一番後ろに回るために、すばやく下がる。この動きが速いね。おそかったら、次の選手に迷惑《めいわく》がかかる。」

トモと顔を見合わせてから葉央は答えた。

「はい。」

「友起くんの大腿骨《だいたいこつ》は再生《さいせい》してきて、いい状態《じょうたい》にはなっている。ただ、ここで無理をすると、おとなになってだいぶ経《た》ってから、また不調になることがある。一番心配なのは、不意に強い力が加わって転倒《てんとう》するときだ。」

先生はタブレットを見つめながら続ける。

「もしも、投げたあとに移動《いどう》しなくていいなら、つまり大きく動かなくていいなら、転倒《てんとう》のリスクもなくなるし、だいじょうぶそうなんだがね。そうはいかないか。ルー

ルだもんな。この競技《きょうぎ》は個人戦《こじんせん》はないのかな?」

先生にきかれて、葉央は首を横に振《ふ》った。

「団体戦《だんたいせん》だけなんです。投げたあとに、後ろに回らなきゃいけないっていうのは、ルール説明のところに書いてあったし。」

葉央とトモとお父さんは、先生にお礼をいって診察室《しんさつしつ》を出た。

トモが下を向いている。

お母さんが明るい声を出した。

「じゃあ、帰りにスーパー寄《よ》ったら、トモと葉央、すきなおやつ、ひとつずつ買っていいよ!」

「やったぜ。」

トモが顔を上げて、にこっと笑った。

葉央は、トモが大すきなポテトチップスを買った。トモは葉央が大すきなマカデミアナッツ入りのチョコを買ってくれていた。

ふたりでおやつを交換《こうかん》した。

その日の夜、葉央はお父さんのタブレットを借りて、キャッチボールクラシックのホームページをもう一度じっくり見てみた。

この大会をやっているのは日本《にほん》プロ野球選手会《やきゅうせんしゅかい》だということがわかってきた。今、活躍《かつやく》しているプロ野球選手が、実際《じっさい》にキャッチボールのやり方を紹介《しょうかい》している動画もある。

メッセージを書いてみよう。

事務局《じむきょく》の連絡先《れんらくさき》がわかったので、葉央はききたいことを思いきって書き送ってみた。お父さんにもお母さんにもトモにもないしょで。

木曜日の夕方。学校から帰ってきて、葉央はメッセージの返事が来ていないか、タブレットを確《たし》かめた。もともとお父さんのタブレットだけれど、あまり使っていないようなので、葉央の部屋に置きっぱなしにしていた。

返事はなかった。

翌日《よくじつ》の金曜日の夕方。もう一度確《たし》かめた。

「あっ。」

返事が来ていた。

葉央は、部屋を仕切っているミントグリーンのカーテンを開けた。トモはいなかった。居間《いま》からお父さんとトモの声が聞こえてくる。

「トモ！　お父さん！　いいニュース！」

タブレットをかかえながら、葉央は居間《いま》にかけこんだ。

「どうした？」

「キャッチボールクラシック、出ようぜ、トモ。」

「ちょっと何いってんだ、葉央。」

お父さんがたしなめる。

「大会を主催《しゅさい》している人たちに、メッセージを送ってみたんだ。ルールって絶対《ぜったい》に変えちゃいけないんですか？　って。」

「どういうこと？」

と、トモがタブレットをのぞきこもうとする。

　葉央は説明した。ルールでは、投げた人は後ろに回って、列の最後尾《さいこうび》につかなくてはいけない。でも、事情《じじょう》があってあまり動けない人がいたら、その人は後ろに回らなくてもいいのか、たずねてみたのだ、と。

「え、え、それで。」

日ごろのクールなトモとまるで違《ちが》う。目を見開いて、かみつくようにきいてくる。

「オッケーだってさ！」

「え、動かなくていいの。」

「そのあたりは臨機応変《りんきおうへん》にやってだいじょうぶだって！　トモが投げて、動かなくても、次の選手が少しずれたところでキャッチして投げたら、問題なくキャッチボールは続くだろ？　うまいこと周りの選手が動けたら。」

「ほぉぉーっ。」

お父さんがはくしゅを始めた。すぐにトモが続く。葉央もいっしょにはくしゅして、最後はハイタッチだ。六本の腕《うで》が、空中で何度も交差しあった。

「兄ちゃんの行動力、すげー。」

トモがさけぶと、お父さんがうなずく。

「まさか、ルールのほうを変えてもらおう、っていう発想はなかったな。すごいなあ、葉央。」

「おれ、監督《かんとく》と、ペルセウスのメンバーにメッセージ送ってくる。」

葉央が自分の部屋に向かうと、トモがお父さんに、

「ぼく、キャッチボールクラシックの大会に、ユニフォームなしってわけにいかないよねえ。」

と、遠回しにおねだりしているのが聞こえた。

ヤヤへ

やっほー！

キャッチボールクラシック、トモも出られることになった！

あ、とちゅうを書いてなかったね。

こども総合《そうごう》医療《いりょう》センターの先生に、フットワークがはげしいから、転倒《てんとう》の危険《きけん》があるし、トモが参加するのは難《むずか》しい、っていわれたんだよ。トモもおれもがっかりしたんだけど、大逆転《だいぎゃくてん》！　トモは動かずに周りが動いてキャッチボールが続くならかまわないって、主催者《しゅさいしゃ》の人が教えてくれたんだよ。

もう、トモは大喜《おおよろこ》び！

うちのチームも助かるし！　八人だったけど、トモが入ってくれたらキャッチボールクラシックに出られるわけだし！

ここまでが昨日の話。

今日土曜は練習日だから、みんな集合して、キャッチボールクラシックにエントリーしよう！　全員で出場しよう！　ってちゃんと決めて、それでさっそく練習したんだよ。

7メートルの距離《きょり》を置いて、二本の白線を引いて、片《かた》っぽの線には四人、もう片《かた》っぽは五人。五人のほうにトモが入ったんだ。

遊びに来てくれた坂本先輩《さかもとせんぱい》が、審判《しんぱん》になって、

「二分間です。よーい、スタート。」

って声をかけてくれて、まずおれが港斗に投げたんだ。それで、ボールが行ったり来たりしたけど……ひとことといっていい？

む・ず・か・し・い！

マウンドからキャッチャーに投げるのに慣《な》れてるけど、捕《と》った球をすぐ投げて、自分もすぐ動いて、って、慣《な》れない動きでとまどっちゃう。

トモも困《こま》ってた。

球を投げるとき、股関節《こかんせつ》やひざをすごく使うんだな。今まで無意識《むいしき》だったけど。トモはこれまで股関節《こかんせつ》を使わないようにしてた。思いきり転倒《てんとう》したり強い圧力《あつりょく》がかかったりしなければだいじょうぶなので、多少動かしてもいいんだけど、足をふみだすっていうのが苦手になってる。まだ筋力《きんりょく》が足りないので、なおさら。

で、手だけで投げてるけど、地面にたたきつけちゃう。相手の待つ白線をこえるまでに、ボールはワンバウンドツーバウンドしてしまう。だから、次の人がうまく捕《と》れなくて、どっかに転がっていっちゃうんだ。

結局、二分間で何回キャッチボールできたかって？　25回だよ。

えーっと、全国大会に行く方たちは90回とか100回とかだっけ。まずくない？　県大会でおれたちと再会《さいかい》したヤヤが、はずかしくなって、「いえ、あの人たち、全然知らない人です〜」っていっちゃうかもしれない。

前途多難《ぜんとたなん》。でもがんばるよ！

葉央より

六月第二週

✉弱気大魔王《よわきだいまおう》の葉央《はお》くんへ

ちょっとちょっとーっ。

何をいってるんですか。

このわたしが、葉央たちを、中川《なかがわ》ペルセウスを、知らないなどというはずがないでしょーっ。

記録がもし0回だとしても、「あのミラクルな記録を出したチーム、わたしの大親友なんです!」って逆《ぎゃく》にみんなに自慢《じまん》するからご安心を。うひひ。

キャッチボールでもっと早く投げ合う方法……よくわかんない。実はわたしもまだちゃんとキャッチボールクラシック向けの練習ってしたことないから。

明日、日曜は昼過《ひるす》ぎから練習試合だから、バタバタいそがしくて、きけないかもしれないなぁ。

今日はお母さんが夜勤務《よるきんむ》で、おじいちゃんが晩《ばん》ごはんを作ってくれてるんだ。手伝わなきゃいけないので、行ってくる。

またね！

強気大魔王《つよきだいまおう》のヤヤより

日曜日はくもり空だった。でも、雨が降《ふ》る心配はないらしい。出かける前、ヤヤがグローブをバッグに入れていると、お母さんが帰ってきた。

「あら、試合？　遠いなら送っていこうか。」

「何いってんのー、お母さん徹夜《てつや》明けでへとへとでしょ？」

お母さんの目は赤く充血《じゅうけつ》している。

「だって、電車でもバスでも行きづらいところだったら。」

「だいじょうぶ！　今日は桜《さくら》が丘駅《おかえき》から一駅で、降《お》りたらすぐだって。巻田《まきた》と待ち合わせしていくから。」

「巻田さん？　巻田くん？　チームメイト？」

お母さんは、寝《ね》ててくださーい。」

「じゃあ、そうする。昨日はちょっと大変でね。新しく施設《しせつ》に来られた方が認知症《にんちしょう》で、夜、ホームシックになっちゃって。

お母さんは、冷蔵庫《れいぞうこ》から牛乳《ぎゅうにゅう》を出して、コップに移《うつ》した。お母さんは、介護福祉施《かいごふくしし》設《せつ》でお年寄《としよ》りの介護《かいご》の仕事をしている。

「ホームシック？　家に帰りたいってこと？　認知症《にんちしょう》の人は忘《わす》れているんだよね？いろんなこと。帰りたいとか、あんまり思わないんじゃないの？」

「認知症《にんちしょう》にも種類があるし、それぞれ段階《だんかい》があるし、とにかく自分の家じゃないというのはわかるのよ、その方は。」

「それで、どうしたの？」

「バス停《てい》に連れていったの。うちの病院の職員《しょくいん》出入り口のそばに、古い、昭和っぽいバス停《てい》のスタンドとベンチを設置《せっち》したの。バス会社さんから、いらないものをいただいて。」

お母さんの新しい職場《しょくば》の話を聞くのは初めてだ。

「え、バス停《てい》が何かの役に立つの？」

「まずベンチに座《すわ》ってもらって、『バスでおうちに帰りましょうか』っていうの。そうすると、その方はうれしそうにうなずいてね。」

「でも、バスなんか来ない。」

「そう。しばらく待ってから、『今日のバスは行っちゃったみたいなので、また明日来ましょうか。それまで休みませんか？』っていうと、うなずいてくださるの。」

「へえー、すごい。気が短いわたしにはできないな、その仕事。」

ヤヤがいうと、お母さんは目をこすりながら、にこっと笑った。

家から桜が丘駅までは歩いて十五分ほどだった。

ヤヤは腕時計《うでどけい》を見た。巻田との待ち合わせの時間まで、あと七分ある。改札口のすぐ横のスーパーに寄《よ》ろう。そう思ったのに、巻田のほうが先に来ていた。

「あれ？　巻田、なんでもう来てるの。困《こま》るよー。」

ヤヤがいうと、巻田が苦笑いをうかべる。

「困《こま》るってなんだよ。おれは十分前行動の男なんだから。」

「十分前行動って、待ち合わせの十分前に来るってこと？」

「そうそう。」

「すごい。」

「なんで、困《こま》るんだよ。」

「スーパーでお菓子《かし》を買おうかと思って。」

その理由は、巻田にもないしょにするつもりだった。でも、

「何？　遠足だったら四百円までだぜ？　ま、今日は遠足じゃないけど。」

そういいながら巻田がさっさと店に入っていくので、ヤヤは追いかけて、話すことにした。

「実はさ、差し入れを持っていこうかと思ったんだ。」

と、ポケットに入れておいた千円札を見せた。

「千円？　なんの差し入れ。」

「だからさぁ……。うちのお母さんから差し入れってことにして届《とど》けようかと思って。」

「え、お母さんに頼《たの》まれたわけ？」

「頼《たの》まれてない。」

「どういうことだよ。」

「ほかのお母さんたちがいろいろいってるの、わたしだってわかるんだよ。うちのお母さん、あれ以来、一度も顔出してないから。それで、顔は出せないけど、差し入れ

届《とど》けます、ってわたしたら、少しはみんな見直してくれるかなーとか。」

「それはヤヤが思ったってこと？　お母さんがいったんじゃなしに。」

「うちのお母さん、意地《いじ》っ張《ぱ》りだもん。わたしが野球チーム辞めたらいいのに、と、きっと思ってる。でも仕事がんばってるんだよなー、って今日話を聞いて思ったんだ。だから、みんなにお母さんを悪く思わないでほしいな、って。」

お菓子《かし》売り場に着いた。個別包装《こべつほうそう》のおかきがいいかなぁ、と思う。みんなに分けられるから。十個《こ》入り三百円を三袋《ふくろ》だったら、消費税《しょうひぜい》を足しても予算以内だ。

「いやー、やっぱやめといたら？」

「なんで。」

「時間ないし。」

そういわれて、ヤヤはハッと腕時計《うでどけい》を見た。いつの間にか時間が経《た》っていた。乗るつもりの電車の発車時刻《じこく》まであと四分しかない。

「じゃあ来週にする。」

ふたりで急いで改札までもどり、ホームに上がって、なんとか電車に間に合った。

「来週もやめといたら？」

巻田が、長めの前髪《まえがみ》をふきあげるように、息をふー、とはく。

「なんでよ。スーパーのおかきがダメ？　ケーキやさんのクッキーとかのほうがいい？」

「じゃなくって。なんで、ヤヤがそんな気をつかう必要があるわけ？」

「だってさ。」

大関《おおぜき》さんはもともとの声が大きいのか当てこすりなのか、よく「今日も森原《もりはら》さんはいらしてないのね」と、いっているのがヤヤの耳に入るのだ。「別にお手伝いしなくても、試合の日ぐらい、見に来られたらいいのにね」ともいう。いやみっぽい口調だというのはヤヤでもわかる。

「大関さんなんか気にすることないよ。」

「え。」

「あの人、おれら選手の保護者《ほごしゃ》じゃないんだよ。もう三年前に卒業して、今、中三の先輩《せんぱい》のお母さん。」

「あ、そうだったのか！　どうりで大関って名前の人いないなーと思ってた。」

「なのに、なんでか、居座《いすわ》って。正直、うちのお母さんも、大関さんは行き届《とど》いてるけど周りにも要求するからつかれるよねー、って。」

「そうなんだ。」

「だから、たぶん、ヤヤのお母さんのこと、いいぞもっとやれ、って思ってる人もいると思うぜ。」

ヤヤは、少しホッとした。

「わは、巻田って思ったより過激《かげき》な性格《せいかく》。」

「あら、そうかしら。」

「なんで今度は急にマダムっぽくなる？　まあ、でも巻田のいうとおりだよね。お母さんは単に気が利かないんじゃなくて、納得《なっとく》いかないんだよね。保護者《ほごしゃ》が、特にお母さんがお手伝いして当然って思われること。だからわたしが勝手なことしたら、よくないね。」

駅に到着《とうちゃく》した。ホームから、目的地のグラウンドが見えている。小山内《おさない》や石橋《いしばし》も同じ電車だったみたいで、改札口で合流して、いっしょにグラウンドに向かった。

この日の練習試合は、清水《しみず》が先発して、とちゅうからヤヤが引きついだ。桜坂《さくらざか》ナインが圧勝《あっしょう》した。

最後のバッターが三振《さんしん》すると、みんながヤヤのいるマウンドに集まってきた。今日は菅原《すがはら》が出場していないので、心置きなくハイタッチができる。ヤヤはひとりひとりと、強めにタッチした。

「今日からキャッチボールクラシックの準備《じゅんび》に入るぞ。」

翌週《よくしゅう》の土曜日は、いつもの桜坂中央《さくらざかちゅうおう》グラウンドで練習が行われた。集合すると、すぐに竹ノ内《たけのうち》監督《かんとく》からそういわれた。

四つのチームをつくって、全員が練習することになった。ヤヤはA《エー》チームだ。メンバーは巻田、清水、菅原、木口《きぐち》、石橋、小山内、中田《なかた》、林《はやし》。全員六年生でヤヤ以外は男子だった。

7メートルの距離《きょり》を置いて、片側《かたがわ》の白線には巻田、ヤヤ、木口、石橋の四人がならび、もう片側《かたがわ》の白線には、清水、小山内、中田、林、菅原が立った。

巻田がキャッチボールクラシックのルールを、ヤヤに教えてくれる。

「正式には審判《しんぱん》が、二本の白線にそれぞれついていて、ボールが何回届《とど》いたか、カウントするんだ。投げて、ぶじに届《とど》いたら1回、往復《おうふく》したら2回ってことだな。球を受け取るときは、白線から出ちゃダメなんだ。」

「出たら失格《しっかく》?」

「いや、ノーカウントなだけ。投げるときは、線からはみだしてもオッケー。」

「ああ、投げる前に白線の内側にいればいいってこと？」

「そうそう。投げるときに、足が線をふみこえてもいいんだ。あと、ボールを変な方に投げて、相手が捕《と》れなかったとするだろ？　そのときは、後ろにいる人が走って取りに行く。」

「じゃあ、だれが取ってもいいんだね。」

「そう。ただ、ゲームは止まった状態《じょうたい》になってるから、後ろにいる人は、取ったボールを、次に投げるはずだった人にわたす。そこからゲームが再開《さいかい》するってわけ。」

「タイムをロスしちゃうから、そういうミスを減《へ》らさなきゃいけないんだね。」

そこまで聞いたところで、実際《じっさい》に投げる練習をすることになった。

「まずは大会と同じように、二分間でやってみるぞ。」

と監督《かんとく》。ヤヤは巻田にささやいた。

「二分って短くない？　五分くらいでもよくない？」

「んー、それはどうかな。」

巻田はムフッと笑う。

さあ、スタートだ。

向こう側にいる清水が、こちらの先頭の巻田に向かって投げる。

巻田は、次の小山内に向かって投げる。受け取った小山内が今度はヤヤに向かって投げる。

「うわ。」

ヤヤはいきなり、ボールを捕《と》りそこないそうになった。小山内は、捕《と》った球を早く投げようとするから、あわてて手元がやゃくるったのだ。それかけた球をなんとかキャッチして、今度はヤヤがすばやく投げないといけない。向こうは、相手が入れ替《か》わって、中田が前に来ている。いい球を早く投げるのは難《むずか》しい。しかも、投げ終わったら、ヤヤはすぐに列の後ろへ回らなくてはいけない。そして、列はどんどん進み、あっという間に、ヤヤがまた球を受ける番になる。

目が回る。目が慣《な》れない。

向こうは五人でこちらが四人なので、投げる相手、受ける相手は、ひとりずつずれていく。あ、次は菅原だ、とヤヤは一瞬《いっしゅん》動きが止まったせいで、ボールを手放すタイミングがずれた。大きくそれて、菅原が、

「やべー。」

といいながら、大きく手をのばし、なんとかキャッチする。でもバランスがくずれているので、投げるのに時間がかかっている。

しまった……ヤヤは、ごめんといいそびれたまま、けんめいにフットワークを続け、球を受け取り、また投げた。

二分って長い！

「はい、終了《しゅうりょう》。」

練習が終わったところで、ヤヤは、

「ふぁー。」

と悲鳴を上げた。ほっぺたからあせが出ている。タオルで顔をふいた。

「キャッチボールクラシック、なめてたつもりはないんだけど、やっぱりなめてたみたい～。」

「はは、きついだろ。最初はそうなる。おれも久《ひさ》しぶりで、去年みたいにうまくいかなかった。」

巻田が笑った。

「今、何回だった？」

「審判《しんぱん》いないからな。正確《せいかく》じゃないかもだけど、おれがカウントしたのは62回。」

「二秒に1回より多いのに、もっと早くしなきゃいけないんだ……。」

監督《かんとく》がパンパンと手をたたいて、説明を始めた。

「すばやくキャッチボールするポイントは、手だけで捕《と》ろうとしないことだ。体全体で動いて、ボールを捕《と》りに行くこと。試合のとき、打球が飛んできたら、手だけひょいとのばして捕《と》ろうなんて思わないだろう？　キャッチボールもそれといっしょだ。」

みんながうなずく。

「今度はキャッチしたあとの話だが、ボールを捕《と》りました、じゃあ投げましょう、投げます、ではワンテンポもツーテンポもおくれる。球を捕《と》ったら、すぐに軸足《じくあし》を出す。右投げだったら左足、左投げだったら右足を出して、投げる体勢《たいせい》に入る。」

ヤヤはその場で、ボールをキャッチしたつもりで左足を前に出しながら、投げるポーズをとった。たしかに0・5秒、あるいは0・3秒くらいかもしれないが、違《ちが》いそうだ。みんなが意識《いしき》したら、その差は大きい。

「はい、全チーム、もう一度、二分間。」

最初はスムーズだったが、林が巻田に投げ、巻田が菅原に投げ、菅原がヤヤに、というところで、

「あ。」

ボールが思いきりそれて、転がっていってしまった。力強く投げると、そのぶん、遠方へ転がる。

「ヤヤ、追いかけちゃダメだ。」

「え。」

「おれがヤヤに投げるから、ヤヤはすぐ投球できるように待機。」

「あ、そっか。」

巻田がボールに追いついて、ヤヤに投げてくれた。それを急いで次の清水に投げる。列の後ろに回りながら、ヤヤは考えた。

菅原が変な送球をしたの、もしかしてわざと？　いや自分だって、さっき菅原への球、それかかってしまったし。わざとなんて思っちゃいけない。でも……。

「はい、そこまで。」

監督《かんとく》が二分間終了《しゅうりょう》を知らせる。ヤヤはまた巻田にきいた。

「何回だった？」

「58回。」

ヤヤはふうーっとため息をついた。

キャプテン・葉央くんへ

葉央くん、キャッチボールの練習、その後どうですか？

連絡《れんらく》がおそくなってごめんよ。

今日、やっとコツを習ってきた。きいたことをまとめると、こんな感じかな。

「手だけでなく、体を動かしてボールを捕《と》りに行くこと。」

「球を捕《と》ったら、すぐに軸足《じくあし》を出して、投げる準備《じゅんび》をすること。」

よかったらやってみて。

なかなか難《むずか》しいよね。うまくキャッチするのもうまく投げるのも。

今日の練習では二分間で62回っていうのが最高だった。わたしがいるぶん、かなりペースダウンしてるよね。去年の大会では86回だったらしいから。

ここだけの話、ちょっといっていい？

ひとり、イヤだなって思うやつがいるのね。ほら前にメッセージに書いたよね。女はどうせ高校生になったら甲子園《こうしえん》に出られない、って悪口いってたやつ。菅原っていうんだけど、どうしても、その発言が忘《わす》れられなくて。

同じチームに菅原がいるから、協力し合わないといけないじゃない？

頭ではそう思ってるんだ。でも、なんか球がそれちゃったんだよね。そして、向こうの球も、思いっきりそれて、キャッチできなくて。

もしそれが巻田の球だったら、「捕《と》れなくてごめん！」って謝《あやま》ると思うんだけど、菅原の球だと「どこ投げてんだよ！」って思っちゃう。あ、もちろん口には出しませんでしたよ。でも、心で思ってるの、きっと伝わっちゃうよね。

悪口をいったのをゆるすべきなのかな。

ジャッキー・ロビンソンは「やり返さない人」だったけど、自分の悪口をいった人をゆるしたと思う？　それとも絶対《ぜったい》ゆるさないけど、それを口に出さなかっただけ？

あー、この先が不安。

葉央たちは、人数がぎりぎりで大変なことが多いかもだけど、メンバーみんなの気持ちは通じ合ってるよね。
それって、すごいことだと思うから。
ファイト！

わたしってやっぱりココロがせまくてキャプテンに向いてなかったので葉央に引きついでもらってよかった！

と今さら思うヤヤより

六月第四週

ヤヤへ

ヤヤ、投球のアドバイスありがとう。
さっそくみんなに伝えて、練習のときにやってるよ。
といっても、練習はあんまりはかどってないんだ。実は、居林監督《いばやしかんとく》が腰《こし》をいため
ちゃってさ。
練習中じゃないよ。家で。
キャプテンには事情《じじょう》を話しておきたいから、って監督《かんとく》から電話が来たんだ。
玄関《げんかん》の外に、でっかい収納《しゅうのう》ボックスを置いてたんだって。中には、園芸店で買った
十キロの腐葉土《ふようど》のふくろが入ってた。

そのボックスを持ち上げたら、ふわーっと軽くて、次の瞬間《しゅんかん》、背中《せなか》にピキッと電流みたいなのが走ったらしい。

実は奥《おく》さんがふくろを取り出して、ボックスは空だったんだってさ。

人間の体って、ふしぎだな。意識《いしき》しないうちに、筋肉《きんにく》が準備《じゅんび》してて、思ってたのとちがうと、びっくりして変な状態《じょうたい》になっちゃうんだ!?

とにかく、ぎっくり腰《ごし》で監督《かんとく》は休みで、少なくとも二週間くらいはグラウンドに来られないって。

それで、代わりに社会人の坂本先輩《さかもとせんぱい》が、ちょこちょこ来てくれるんだ。バッティング練習やノックはやってくれるんだけど、キャッチボールクラシックのことは全然わかんないって。まあ当然だよな。

だから、せっかくヤヤからアドバイスもらったのに、この一週間は記録が全然上がらないな。球がそれる、とか、大きいミスが出ると二分間で40回くらい。ミスがないと50回くらいかな。

それでも、トモはがんばってるよ。キャッチボールクラシックのときにユニフォームを着るから、トモ、注文したんだ。似合《にあ》うかどうか、ヤヤにききたいっていうから、大会当日に見せるようにいっといた。ぜひ感想をいってあげて。

あと、いつもアドバイスもらってるのに、菅原《すがはら》のこと、うまい解決法《かいけつほう》思いつかなくて、何も返せなくてごめん。

そいつとキャッチボールしなくて済《す》む順番にすれば？　ってわけにもいかないもんな。五人と四人だから、どんどんずれていって、必ず当たっちゃう。

放っておいて無視《むし》、ってわけにいかないしなぁ。

ジャッキー・ロビンソンがどうだったのかは知らないけど、もしそいつが、謝《あやま》ってくる感じの態度《たいど》だったら、ゆるしてあげたらいいと思う。でも、そうじゃなきゃ、ヤヤから近づくことないよな。

葉央《はお》より

さっきまで小雨が降《ふ》っていたけれど、今はもう上がって、太陽が出てきた。強い日ざしのせいで、一気にむわーっと蒸《む》し暑《あつ》くなってくる。

葉央とトモは川べりを歩いていた。

「あ、カルガモの子ども。」

トモが立ち止まる。光が水面に反射《はんしゃ》してきらきらしている。そこをカルガモの親子が突《つ》っ切っていく。

「ほんとだ。」

葉央も横に立って、しばらく見つめた。それからまた歩きだした。

いつもと同じ運動公園の第二グラウンド。第一グラウンドで、飛田《とびた》パープルソックスが練習しているのにもすっかり慣《な》れた。パープルソックスをやめて帰ってきた港斗《みなと》は、ちょっと気まずいらしく、木立のかげを利用して、みんなに見つからないように走って第二グラウンドに来ている。

朝の雨のせいで水たまりができているのではないかと心配だったが、たいした雨量ではなかったようだ。グラウンドの土は湿《しめ》っていたものの、ぬかるんではいなかった。
「じゃあ、九人でキャッチボールの実戦をやろっか。」
葉央が仕切る。
四人と五人。最初のころは、立っている場所で、「こっちの四人と、そっちの五人ね」
といった調子で、適当《てきとう》にグループ分けしていた。
でも、おとといからメンバーを固定した。トモと同じグループが六年生三人、相手
のグループが四年生と五年生だ。
トモと同じグループのほうが難《むずか》しい。トモはその場から動かないから、同じチーム
のメンバーはじょうずにわきへずれて、後ろに回らないといけないのだ。
トモと葉央と港斗と純平《じゅんぺい》が同じグループになった。そして、五人組のほうは、白蓮《びゃくれん》、
圭人《けいと》、悠《ゆう》、明文《あきふみ》、総《そう》。
「ようし、じゃあ二分間でやってみるか。」
坂本先輩《せんぱい》が審判《しんぱん》をやってくれた。審判《しんぱん》は白線にそれぞれひとりずつ、合計ふたりつ

くことが多いけれど、今はひとりだ。

それで練習を続けているのだけれど、どうもキャッチボールの記録が向上しない。

二分間で50回くらいが精《せい》いっぱいだ。

「ぼくがさ、いけないいんだよな……。」

トモがぶつぶついいながら、腕《うで》を振《ふ》る。足にあまり体重をかけないようにしているぶん、球の力が弱くて、それでも強く投げようとするため、地面にたたきつけるような形になってしまう。「もう少し遠くに投げるイメージで」と何度もアドバイスしたけれど、うまくいかなかった。

ボールはワンバウンド、ツーバウンドして、相手のグローブをすり抜《ぬ》け、後ろの方へ転がっていってしまう。それを取りに行くのに時間がかかるので、記録が上がらないのだった。

気がつくと、日がかなりかたむいている。葉央は柱時計を見た。もうすぐ五時だ。

そろそろ練習を終わりにしようかな、と葉央が考えたときだった。

「君ら、中川《なかがわ》ペルセウスのメンバーだよな?」

グラウンドに入ってきた男の人が、大きな声で話しかけてくる。

葉央の体はぴきっと固まった。

ほかのメンバーも、坂本先輩《せんぱい》も、返事を忘《わす》れて、その人を見つめている。

でっかくてオーラがあった。

「こ……こんにちは。」

飛田豊《とびたゆたか》さんだ。元プロ野球選手で、今は飛田パープルソックスの監督《かんとく》。

港斗が目をそらしたまま、おじぎをする。

「こんにちは。」

葉央たちも頭を下げた。

「あ、君、ちょっとだけ、うちにいた子か。」

港斗を見て、飛田さんがいう。

「は……すみません。」

大きな背中《せなか》を丸める港斗を見て、飛田さんが笑う。

「いやいや、別にいいんだ。どこにいても、野球を続けてたらそれでいいんだよ。」

「は、はい。」

「それより居林監督《かんとく》いないんだって？」

やっと、固まっていた体の緊張《きんちょう》がゆるんだのを感じて、葉央は答えた。

「あ、監督《かんとく》に用があるんだったら、しばらく監督《かんとく》は来られないんです。」

「ぎっくり腰《こし》だって、昨日電話もらったよ。」

「は？」

「実は、居林監督《かんとく》に、ちょっと様子を見てきてくれって頼《たの》まれたんだ。」

「えっ。」

葉央たちは顔を見合わせた。監督《かんとく》同士、知り合いだなんて知らなかった。

「いや、実は、わたしがチームをつくってから、中川ペルセウスに迷惑《めいわく》かけたようだと保護者《ほごしゃ》に聞いて、おわびしたんだよ。野球指導者《しどうしゃ》の会議で会ったからね。そうしたら、いっしょに盛《も》り上げていこうっていっていただいて。」

居林監督《かんとく》らしいなぁ、と葉央は思う。だれかのことを悪くいったり文句《もんく》をいったりしない。

「それでよく連絡《れんらく》を取り合うようになったんだが、『しばらく動けない間、見てくれませんか？』って昨日いわれて。そういうわけだから。偵察《ていさつ》に来たわけじゃないからな。」

おどけた口調で飛田さんがいうので、葉央はくすっと笑った。

「キャッチボールクラシックに出るそうだな。うちのチームも出るつもりなんだ。」

「えー。」

思わず声を上げてしまってから、葉央は、いや当然か、と思い直した。キャッチボールクラシックを主催《しゅさい》しているのはプロ野球選手会《やきゅうせんしゅかい》で、飛田さんは元プロ野球選手なのだから。

「何か困《こま》ってることあるかい？　まだ体力あったら、二分間やってみる？」

「はい。」

四年生と五年生が、ぱっとかけだして、向こう側に引いた白線の後ろに並《なら》ぶ。葉央たちは、葉央、港斗、純平の順に、たてに並《なら》んだ。トモは葉央の右側にいて、移動《いどう》しないでずっとその場にいる。

「用意、ピー。」

坂本先輩《せんぱい》が口でホイッスルのまねをしてくれる。総が葉央に投げた。葉央が向こうに投げ返す。何度か往復《おうふく》して、トモにボールがわたった。トモがうまく捕《と》れなくて、ボールは転がっていってしまった。急いで港斗が走っていって投げ返してくれる。それを葉央が受け取って、トモにわたした。

トモは投げた。でもまたいつものとおり、地面に向かって投げたので、ボールはツーバウンドして、向こうもうまく受け取れなくて、ボールが転がった。

「終了《しゅうりょう》！」

坂本先輩《せんぱい》の声で、葉央たちは動くのをやめた。いつもより悪かった。40回くらいだろうか。

「ぼくのせいでうまくいかないんです。」

トモが自分で話しだした。

「転んじゃうと、また痛《いた》みが出ちゃうかもしれないから。あ、ぼく、大腿骨《だいたいこつ》の病気で、今は治ってきてるんだけど。」

「うんうん。」

飛田さんはうなずく。葉央が会話に加わった。

「トモはずっとここに立っていて、ぼくら六年生三人が、代わりに動く感じです。向こう側は四年生と五年生で。」

「なるほど。」

あごに手を当てて少し考えてから、飛田さんはいった。

「逆《ぎゃく》にしてみようか。」

「へ？」

「トモくんと、四年生と五年生で、五人のチームを作る。じょうずな六年生とだれかひとり五年生を加えて、向こう側で四人のチームをつくる。」

「え、でも、トモの周りをうまく動くのって、上級生のほうがいいかなと思って。」

純平がいうと、飛田さんは答えた。

「トモくんがあまり動かなくていいようにするには、トモくんの胸《むね》に向かってしっかり球を投げればいい。そうすればトモくんは立ったまま球を捕《と》れるよな？」

「はい。」

トモがうなずく。

「しっかりトモくんの胸《むね》めがけて投げる。コントロールする。上級生のほうがいいんじゃないか？」

「あ……。」

「トモくんの横をぐるぐる動くのは、実は、トモくんがいなくたってほぼ同じ動きだろう？　そんなに大変なことじゃないから、下級生でもちゃんとやれるさ。」

「そうか！」

逆《ぎゃく》にしたら、うまくできそうな気がしてきた。葉央は、グループ分けをやり直した。

トモ、総、白蓮、悠、明文の五人が同じグループ。そして、葉央、港斗、純平に加えて五年生の圭人が同じグループになった。

「でも……ぼくが迷惑《めいわく》をかけることには変わりないよ。」

ぼそっとトモがつぶやく。

「ん？ 困《こま》ってること、いってごらん。」

と、飛田さん。

「なんか……足にあんまり力を入れられなくて、うまく投げられない。」

「やってみてごらん。だれか白線の向こう側に行って。」

港斗と純平と圭人が行った。葉央も行こうか迷《まよ》ったが、飛田さんが何をしゃべるのか、近くで聞いていたかった。

トモが投げた。球はまっすぐ地面に向かって飛んでいき、はねて、またはねた。

白線よりも1メートル後ろに構《かま》えていた港斗が、体をのばして捕《と》った。

「うん、いっしょうけんめい速く投げようとしてるんだな。」

飛田さんにいわれて、トモはこくっとうなずく。

「じゃあ、速く投げるのをやめてみようか。」

「え？」

「今の君は、左足にあまり体重を乗せないように手と上半身だけを使ってるね。」

「はい……。」

「白線の方に向かって、がむしゃらに、急いで投げてる。でも、白線に向かって投げるんじゃない。相手に向かって投げるんだ。すごくシンプルな話なんだよ。相手に届《とど》けーって思いながら投げる。君の球は一直線だから、どんどん落ちていく。どうすれば、そうならないのか。もっと弓なりに投げていいんだよ。」

「弓なりに……。」

「例えていうなら、そうだな。虹《にじ》の形。虹《にじ》って、地表からアーチをえがいて空に向かって、反対の地表に落ちていくように見えるだろう。その軌道《きどう》さ。」

「白い虹《にじ》。」

葉央はつぶやいた。白いボールを投げた軌道《きどう》は、白い線になる、と思ったからだ。

「そうだな！　白い虹《にじ》を相手に届《とど》ける。そういうつもりで。やってみてごらん。」

飛田さんにいわれ、トモはうなずいた。

「白い虹《にじ》……。」

右手を引いて、球を投げた。今までは地面に向かって落ちていた球が、高く上がって、そしてゆったりと山なりに、港斗のほうに落ちていく。胸元《むなもと》に構《かま》えていたグローブに、球はすとん、と落ちた。

「白い虹《にじ》、無事、受け取りました。」

港斗がおどけて笑う。トモも笑った。

「いきなりできちゃった。」

そうだよ、そうそう！　そういうことがいいたかったんだよ。葉央はさけびたかった。

地面に投げつけるんじゃなくて、もう少し高く、といいたかった。足に体重をかけ

なくても、7メートルの距離《きょり》をうまく投げることはできるはずだ、と。でも、それをうまくトモに伝えられなかった。

やっぱり飛田さんはすごい、と思う。

「キャッチボールっていうのはな、まず『自分のために』やる。自分がどんなボールを投げたいか考えながら、一球一球大切に投げる。その次に、『自分のために』と同じくらい『相手のために』やる。相手がどうやったら捕《と》りやすいか考える。」

葉央はうなずいた。

「ぼくは今でも、自分がプロのチームに入った日の、最初の練習のことを思い出す。寮《りょう》に荷物を置いて、さっそく新人選手が集まった。プロに入るやつらは、アマチュア時代から有名だから、名前は知ってる。でも、どんな人間だか全然わからない。緊張《きんちょう》して、あんまりしゃべることもできなくて。そのときに『まずキャッチボールしよう』っていわれて。ドラフト一位で入団《にゅうだん》したピッチャーの青木《あおき》って選手とキャッチボールしたんだ。すごい球で、興奮《こうふん》したよ。こいつの球を、一軍のスタジアムで受けられるようになりたい、って。そしたら、いつの間にか緊張《きんちょう》も消えていったんだ。つまり。」

飛田さんはせきばらいをひとつして続けた。

「キャッチボールは、言葉じゃない会話なんだな。キャッチボールすることから親しくなることだってできる。」

そうか！　葉央は気づいた。今まで、自分の順番が来たら、白線の向こうに少しでも早く投げ返そう、と思っていた。でも、そうじゃなくて、白線の向こうにいて、球を待っているそいつに向かって投げる。その気持ちが大事なんじゃないかな。

「もう一度、二分間やってみようよ。」

葉央がいうと、みんな、

「ようし。」

「やってやるぜ。」

と、列をつくって構《かま》えた。

「みんなにもアドバイス。投げるときは、相手が一番捕《と》りやすいところをねらう。胸《むな》元《もと》に構《かま》えているグローブ。なんとなく投げるんじゃなくて、そこをねらう。もしずれたとしても、そんなに遠くにはいかないから、捕《と》りやすい。」

「はい！」

みんなの声がそろった。

「それから受けるほうは、手だけじゃなくて体をのばして受けに行く。球を捕《と》ったら、もうその流れで、すぐに軸足《じくあし》を一歩ふみだす。トモくんも歩けるんだから、軸足《じくあし》をふみだすことはできるよな？　できる範囲《はんい》でやってみると、いい流れで投げられるぞ。」

「はい！」

「用意、ピー。」

坂本先輩《せんぱい》の合図で、総が最初に投げた。

適当《てきとう》に、白線の向こう側に投げるのではなく、相手の胸《むね》のあたりに届《とど》くように投げる。特にトモのときは、スピードあるボールを投げるよりも、確実《かくじつ》にトモが捕《と》りやすい球を投げたほうがいい。今までは難《むずか》しいことを下級生にやらせてしまっていたのだ。

これは、たしかに、葉央たち上級生がやるべきだ。

そしてトモ。いつもあわてて投げて、その球はどこへ行くかわからなくて、みんなが緊張《きんちょう》した。でも、トモはあわてずに構《かま》えて、ゆっくりと投げた。葉央がしっかりキャッチできた。

「ナイス！　トモ。」

葉央は声をかけながら続けた。

「ピー、終了《しゅうりょう》。」

坂本先輩《せんぱい》の合図で、葉央たちはストップした。

「今、何回でした？」

「62回。」

「よし！」

葉央たちは、ハイタッチした。今までの最高記録だ。

「よかったよかった。居林監督《かんとく》は、来週には練習に来られるかもっていってたから、それまでにもっと記録を上げといてくれ。」

飛田さんは片手《かたて》を上げて、それからくるっと背中《せなか》を向けた。

「ありがとうございました！」

中川ペルセウス全員の声がそろった。

✉ヤヤへ

元気？

キャッチボールクラシックの練習してる？

菅原とはなんとかやれてるかな。

こっちは今日すげーことがあったよ。

飛田パープルソックスの飛田監督《かんとく》が、練習を見に来てくれたんだ。

体がでっかくて、肩《かた》がごつくて、めちゃめちゃオーラがあった。

帰ってからついさっきまで、ネットで現役時代《げんえき》の飛田さんの動画を見てたよ。肩《かた》が強くて、盗塁《とうるい》を阻止《そし》するのがすごくうまくって。ゴールデングラブ賞《しょう》を二回受賞《じゅしょう》したらしいよ。すげー。

その飛田さんがキャッチボールのコツをいろいろ教えてくれたよ。「自分のために」投げるのと同じくらい、「相手のために」投げることが大事なんだって。「相手のために」っていうのは、相手が捕《と》りやすくする方法を考えること。白い虹《にじ》を相手に向かって投げる気持ちで、だって。

それで思ったんだ。菅原みたいに、ヤヤの悪口をいうやつのために投げるなんてできないだろうけど、相手が捕《と》りやすくするように投げるのはできるかな、って。胸元《むなもと》をめがけて投げればいいんだよ。

もっともっと練習して、大会では、おれたちも、桜坂《さくらざか》ナインをあせらせるくらい、いい結果を残せるようにがんばるぜ。全国大会に行くのはおれたちだぜ。なんちゃって!?

葉央より

七月第一週

いつもやさしい葉央《はお》さまへ

メッセージありがとう。

返信が数日おくれてすみませんでしたーっ。

実は菅原《すがはら》と取っ組み合いのけんかをしてたんだ。

なんちゃって。

ちょうど校外学習だったの。放送センターや新聞社を見学してきたよ。

アドバイス、ありがとね。

先週末は試合があって、キャッチボールクラシックの練習はできなかったから、菅原のことはそのままになってたの。

ちゃんと考えてやってみるね。

あと、うちのお母さんもキャッチボールクラシックだけは「見に来て」ってさそってみようかと思ってる。

竹ノ内《たけのうち》監督《かんとく》や大関《おおぜき》さんには会いたくないだろうけど、中川《なかがわ》ペルセウスのみんなや居《い》林監督《ばやしかんとく》に会えるよ！　っていったら、来る気がするな。

まあ、お母さん、いそがしいんだけどね。

そういえば、お母さんが働いてる介護施設《かいごしせつ》に最近入所した人が「大関さん」っていうんだって。

たぶん、大関さんの義理《ぎり》のお母さんらしい。

大関さんが施設《しせつ》に現《あらわ》れたら気まずいから来ないでほしい、って、お母さんぶつぶついってたけど。

居林監督《かんとく》のほうはだいじょうぶかな。大会まであと一ヶ月近くあるから、きっとぎっくり腰《ごし》治ってるよね？

監督《かんとく》に久《ひさ》しぶりに会いたくって。

あ、おれには会いたくないの？　って思った？

ふふふ、もちろん葉央にも会いたいですよーっ。

あと、トモくんにもね。ユニフォームがにあうよ、ってほめればいいんだったね？

じゃあ、晩《ばん》ごはんの準備《じゅんび》手伝ってくるね。今夜はおじいちゃんがつくってくれるコロッケ。なかなかおいしいんだ。

またね！

サラダつくるのがうまいヤヤより

メッセージでは軽く返事をしてしまったけれど、ヤヤの頭のなかには、葉央の言葉が残っていた。「自分のために」投げるのと同じくらい、「相手のために」投げることが大事……。

葉央は、菅原の顔は見なくていい、胸元《むなもと》にさえ投げれば、というふうに書いてくれていたが、それはただヤヤをはげますためだった気がする。心が通じない相手と投げ合うのは厳《きび》しいよね、と心配しているのだと思う。

そうか。ヤヤは思いついた。

監督《かんとく》は、チームを四つのグループに分けている。そのうち、大会にエントリーするのは、二チームだ。別のチームに、自分が移《うつ》ることはできないだろうか。巻田《まきた》たちレギュラーともはなれてしまうけれど、菅原ともはなれられる。

思いきって、巻田に相談してみよう。

桜坂《さくらざか》ナインは、ふたつの公立小学校とひとつの私立《しりつ》小学校の子たちが集まっているのだが、巻田は同じ学校だ。ヤヤが六年二組で、巻田は一組。ついでにいうと、菅原と木口《きぐち》は三組だ。

昼休み、そうじを終えてから、ヤヤは一組に行って巻田を呼《よ》びだした。

「もうそうじ終わった？　ちょっと相談があるんだけど。」

巻田は給食当番だったので、そうじはしなくていいそうだ。

「何？　今度の大会のこと？」

キャッチボールクラシックが終わると、野球の大会が始まる。清水とヤヤが一試合ずつ交互《こうご》に投げていくことが決まっていた。

「ううん、そっちじゃなくて……。」

いきなり菅原と別のグループになりたい、と相談するのは早い気がした。うすうす気づいているかもしれないけれど、巻田に状況《じょうきょう》をちゃんと話したことはなかったから。

それでヤヤはまずきいてみた。

「ねえ、菅原ってどんなやつ？」

「菅原？　なんで。」

「練習はいっしょにするけど、あんまりよく知らないから。」

「あ、そうなんだ。けっこう仲いいのかと思った。」

え、と思いつつ、ヤヤはだまって聞いていた。

「そうだな。まじめだよなー。時間厳守《げんしゅ》。」

「そうだっけ?」

「あいつ、練習の日、一番早くグラウンド来てるぜ。」

「知らなかった。」

「あと、あいつは、英語がすごくできるんだよね。」

「ふーん。」

「アメリカで生まれたんだってさ。日本に来たのが二年生のとき。」

「へえ。」

ヤヤはうなずきつつ、ここからどうやって、「菅原と違《ちが》うグループになりたい」という話を切りだすか考えていた。

「きのう、あいつが持ってた英語の本、ジャッキー・ロビンソンって人の伝記。たしかヤヤが自己紹介《じこしょうかい》のとき、いってた選手だよな。」

「え……ジャッキー・ロビンソンの伝記を?」

「だからおれ、ヤヤと菅原って仲いいのかと思ってた。」

「いや、読んでたの、まったく知らない。」

「あ、ヤヤがすすめたんじゃないのか。でもたぶん、ヤヤの自己紹介《じこしょうかい》を聞いて、興味《きょうみ》持ったんじゃね？」

「え？　いや……。」

頭がぐるぐる混乱《こんらん》する。巻田は、ヤヤと菅原の関係をすっかりカン違《ちが》いしているみたいだ。

「実はほんと、ふつうにしゃべったことなくて。」

「そうか。菅原はクールだからなぁ。ちょっと接《せっ》しにくい感じなのかな。あいつ、ヤヤが来たとき、投球フォームがすごいっていってて。ああいうやつが甲子園《こうしえん》に出るのかな、っていうから、『テレビで放送する甲子園《こうしえん》の話をしてるなら、男子だけって決まってるんだぞ』っておれが教えたんだ。」

「え？」

「そしたら、あいつ、おこっててさ。」

「おこ……る？」

「そう。何日かして、『高校生女子だけの大会があって、決勝を甲子園《こうしえん》でやることもあるみたいだから、やっぱり女子も甲子園《こうしえん》に出られるんだぞ』っておれに説明してきた。」

「そうなの？」

ヤヤはあのときに聞いた、菅原と木口の会話を思い出そうとした。

菅原は、ヤヤが男子と同じように甲子園《こうしえん》の大会に出られなくてざまあみろ、といいたげに話していたように思うのだが……あれ？　もしかして聞き違《ちが》いだったのだろうか。本当は、女子は女子で大会がある、という話の続きがあったのか、それとも、あとから調べてくれたのか。いずれにしても、自分をきらっているわけでなかったということ⁉


次の土曜日。ヤヤはいつもよりも一時間早く家を出た。

練習の日、菅原はだれよりも早くグラウンドに着く、と巻田が教えてくれたのを思い出したのだ。

桜坂中央《さくらざかちゅうおう》グラウンドの入り口には青とむらさき色のアジサイがさいていた。もうさかりを過《す》ぎたみたいで、少し色があせている。

菅原はいた。

ひとりでベンチに座《すわ》って、うつむいている。近くまで行って、本を読んでいるのだと気づいた。横文字のアルファベット。英語だ。

「何読んでるの？」

ヤヤがきくと、菅原はびくっと顔を上げて、

「なんだ、森原《もりはら》か。」

といって、本を持ち上げて、ヤヤに向かって背表紙《せびょうし》を見せた。

巻田がいったとおりだ。「Ｊａｃｋｉｅ　Ｒｏｂｉｎｓｏｎ」、すなわちジャッキー・ロビンソンと書かれている。

「おもしろい？　わたし、それ読んでなくて。」

ヤヤがいうと、菅原は、

「読み終わったら貸《か》そうか。英語だけど。」

といった。

「実はわたし、英語ができそうなビジュアルってよくいわれるけど、できないんだよねー。お父さんとお母さんが離婚《りこん》したの、わたしが二歳《さい》のときだったから。」

「そうなんだ。今ちょうど、メジャーリーグの試合に出始めた最初の年のところを読んでる。盗塁《とうるい》がすごかったんだな。」

「うん、最初の年、盗塁王《とうるいおう》になるんだよね。」

「あ！　ネタバレ。」

「あ！　ごめん。」

思わずヤヤが笑うと、菅原も笑った。ふたりの目が合った。

「よかった。おれ、森原にきらわれてると思ってた。」

ヤヤは迷《まよ》った。「そんなの気のせいだよー」というべき？　でも、それだと菅原がカン違《ちが》いしていたことになってしまう。

「ごめん、実は――。」

音楽室のそばで聞いた会話を、ヤヤは伝えた。菅原は、

「ああー、あのとき！」

と、何度もうなずいた。

「今思えば、話の続きがあったんだろうけど、そこまでは聞いてなくて。」

「うん、おれ、謝《あやま》らないよ。悪いこと、全然いってたつもりないから。」

堂々《どうどう》と菅原がいうので、ヤヤは笑ってしまった。

「わたしが謝《あやま》る。」

「謝《あやま》んなくていいよ。森原だって悪くない。」

「ヤヤでいいよ。菅原のあだ名は？」

「おれ、特にあだ名ないんだよなー。そしたら、スガで。」

「スガね。」

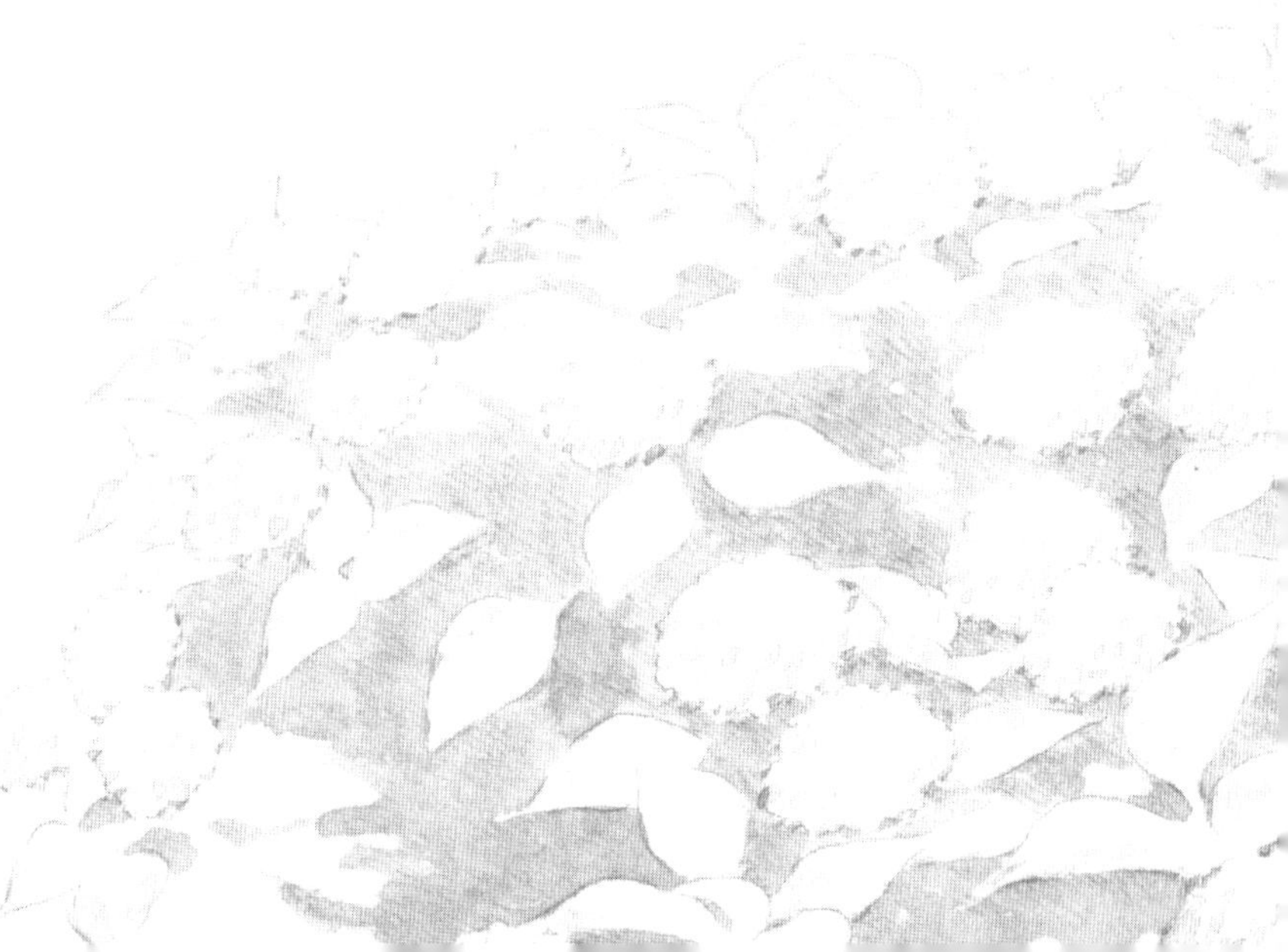

「ヤヤ、キャッチボールしない？」

「お、いいよ、スガ。」

練習時のキャッチボールを菅原とやるのは初めてだ。菅原が胸元《むなもと》にグローブを構《かま》える。そこをめがけて、ヤヤは投げた。ビシッといい音を立てて、ボールはグローブに吸《す》いこまれた。


「お母さん、七月の最後の日曜って『明け』だよね。」

晩《ばん》ごはんのあと、お皿洗《さらあら》いを手伝ってから、ヤヤはお母さんにきいた。カレンダーに、お母さんの仕事の予定が書かれている。『明け』というのは、夜勤《やきん》明けで朝に仕事が終わる、ということだ。

「あ、そうだね。」

「その日、キャッチボールクラシックっていう大会があるんだ。佳和市《かわし》の県営《けんえい》スタジアムでやるんだけど。」

お母さんはだまって洗《せん》たくものをたたんでいる。ヤヤは、いわないほうがよかったかなと思った。『明け』の日、お母さんは目がしょぼしょぼになって帰ってくる。施《し》設《せつ》に入居《にゅうきょ》している人たちがみんな静かに寝《ね》ていたら、お母さんも仮眠《かみん》が取れるけれど、そんな夜は少なくて、たいてい朝までバタバタと働いているそうだ。帰ってきてすぐねむりたい日に、大会へ行くなんて、ムリな話かもしれない。

でも、いいだしたので続けるしかなかった。

「うちのチームが出るのね。もちろんわたしも。あと、中川ペルセウスも参加するんだって。だから居林監督《かんとく》たちにも会えるんだよ。」

「行こうかしら。」

思いがけない返事が聞こえて、ヤヤは、

「え、でも、つかれてない？」

と、きいた。お母さんは答える。

「ハードなんだけどね。でも、その大会じゃなくても、いつか試合を見に行ったほうがいいなって、思ってて。」

「そうなの？　なんで。」

なんで、っていういい方も変かなと思いつつ、ヤヤはそうきいた。お母さんは、ヤヤが桜坂ナインを辞めてしまえばいいのに、と思っていたはずだ。

「実は、大関さんがうちの介護施設《かいごしせつ》に来てね。」

「大関さんって、桜坂ナインをまとめてる大関さん？」

「ほら、前に、新しく入院してきた人が、大関っていう名前だって話さなかったっけ。」

「聞いた。」

「やっぱりそうだったの。大関さんの義理《ぎり》のお母さん。それで、大関さんとこの間会ったんだよね。お義母《かあ》さんを家に連れて帰って、一泊《ぱく》して、また施設《しせつ》にもどってきたところ。」

「なんで連れて帰ったの？」

「家に帰ったほうが元気が出る人もいるのよ。だから、週に一度とか月に一度、家にもどる人もいて、大関さんもそうだったわけ。」

「ふうん。」

「グラウンドで会った大関さんと別人かと思うほど元気がなくてね。『お世話になります』とか伏《ふ》し目《め》がちで。」

「え、そうなんだ。練習のときはいつもどおりだけどなぁ。」

「わたしに遠りょしてるんだと思うよ。お義母《かあ》さんを預《あず》けていて、世話をしてもらうのに、あれこれいえないって、負い目を感じてるんじゃないかと。」

「そうか。」

「でも、そういうのって、わたしはイヤなんだよね。」

「え？」

「だって、それがわたしの仕事だもん。大関さんがどんな人だって、わたしは入院した大関さんを大切にケアするのが仕事。だから、なんていうか、『お義母《かあ》さんを預《あず》けている施設《しせつ》に勤《つと》めている人だから、野球チームの活動に協力しなくても文句《もんく》はいえない』みたいに大関さんが思うとしたら、ちょっと……うまくいえないけど、とにかく一度くらい試合を見に行って、施設《しせつ》じゃないところで大関さんともふつうに話したいなぁ、って。」

「じゃあ、来てくれるんだね!?」

「うん、最後の日曜ね。勤務《きんむ》明け、いったん帰って着替《きが》えて少し寝《ね》る時間あるかな。」

「十一時に家を出ればだいじょうぶだと思うよ。わたしは九時に出て、向こうで最後の練習をするんだ。」

「弁当《べんとう》つくってやるぞ。」

ぼそっと会話に入ってきたのは、おじいちゃんだった。テレビを見ていたのに、全部会話を聞いていたようだ。

「ありがとーっ。からあげがいいな。」

ヤヤがリクエストすると、

「朝から、あげものつくらされるなんてな。」

といいながら、おじいちゃんはニヤッと笑った。

最大のライバルチームのキャプテン・葉央くんへ

いよいよ、キャッチボールクラシックの大会本番が近づいてきたね！

この間は、アドバイスありがとう。

「自分のために」投げるのと同じくらい、「相手のために」投げることが大事っていうのを読んで、菅原のために投げるってムリだなぁ、と思って、別のチームに移《うつ》してもらえないか、相談しようとしたの（あ、桜坂ナインは、２チーム編《へん》成《せい》して参加するんだよ）。

でも、巻田に菅原のことをきいたら、わたしがすごく誤《ご》解《かい》してた！　ってことが判《はん》明《めい》して。

菅原とも話をして、その後、キャッチボールをしたんだ。

葉央が教えてくれたとおりだね。

今までふたりでキャッチボールしたことなかったんだけど、菅原ってすごくするどい、いい球を投げるんだ。

わたしも相手が胸元《むなもと》でキャッチできる、力強い球を投げられた！

あ、菅原のことはスガって呼《よ》ぶことにしたんだった。大会で会えたら紹介《しょうかい》するね。

巻田のことも！

あと、うちのお母さんもキャッチボールクラシックを見に来るって。葉央や監督《かんとく》に会えたらとても喜《よろこ》ぶと思う。

じゃあ、またね！


大会に向けて武者《むしゃ》ぶるいが止まらないヤヤより

七月最後の日曜日

ヤヤへ

いよいよ明日だね！

キャッチボールクラシック。

去年はこの大会のこと、まったく知らなかったんだよな。

今思うとふしぎ。教えてくれてありがとな！

ヤヤが転校しちゃって、つまんねーと思ってたけど、ヤヤが転校したからこそ、キャッチボールクラシックのことを教えてもらえたわけだよな。

明日会えること、トモも港斗《みなと》たちも、うちの父さんも、みんな楽しみにしてます！

葉央《はお》より

「うわー、初めて来たよ。」

葉央がいうと、港斗もうなずく。

「観客席の数、すげえ。」

佳和市《かわし》にある県営《けんえい》スタジアムは、プロ野球の二軍の試合や、高校野球の大会などが開催《かいさい》されている大きな球場だった。葉央も港斗も、訪《おとず》れるのは初めてだ。

空にはうすい雲がかかっている。風が絶《た》え間なく吹《ふ》いているせいもあってか、暑さはそれほど感じない。

各チームとも、内野席《ないやせき》のすきな場所に座《すわ》っていいことになっている。

「ネット裏《うら》、空いてるよ。」

トモが指さした。

他チームは遠慮《えんりょ》しているのか、球場の一番中心にある席が上から下まで空いている。

「よし、そこにしようか。」

居林監督《いばやしかんとく》が決めたので、葉央たちは、そのネット裏《うら》の最前列と二列目を陣取《じんど》った。

グラウンドが一望できて、バックスクリーンが正面に見える。

こんないい席は、もっとうまいチームにゆずったほうがいいのかもしれない。けれど、居林監督《かんとく》の腰痛《ようつう》とトモの足のことを考えると、階段《かいだん》が少ないにこしたことはないから。

保護者《ほごしゃ》は、もっと上の二十段目《だんめ》あたりに着席した。

「あっ。」

葉央は指さした。

白地にえんじ色の文字が入ったユニフォームが入場してきた。

「おーい、ヤヤ！」

葉央は、手を目いっぱいのばして、大きく振《ふ》った。ヤヤはまだ気づかない。

一塁側《いちるいがわ》のベンチの上あたりに座《すわ》ろうとしている。

「ここ、空いてるよ！　ヤヤ」

葉央は、自分たちの後方の席を指し示《しめ》した。

ヤヤはこちらを見てくれない。でも、周りの選手が何人か気づいた。だれかがヤヤをつついて、それからこちらを指さした。

ヤヤが笑って、手を振《ふ》って、周りに何かいっている。

桜坂《さくらざか》ナインがみんな移動《いどう》してきた。

中川《なかがわ》ペルセウスから数段《すうだん》空けて、桜坂ナインは五段目《だんめ》から八段目《だんめ》あたりに陣取《じんど》った。

「葉央、元気だった？」

リュックを背負《せお》ったまま、ヤヤはまっすぐ葉央のところに来た。

「あんまり久《ひさ》しぶりって気がしない。」

葉央がいうと、ヤヤは笑った。

「はは。ずっとメッセージ送り合ってたもんね。」

「ねえ。」

トモが近づいてきて、ヤヤをつついた。

「あっ、トモくんでしょ。久《ひさ》しぶり！」

ヤヤがいうと、トモはくるっと背中《せなか》を向けた。その背番号《せばんごう》を見てヤヤは声を上げた。

42

「うそ！　トモくん42番にしたの？」

「そう。ヤヤちゃんといっしょがいいから。」

ヤヤはリュックを下ろして、背中《せなか》を見せた。同じ42番。

「わたしたち、ジャッキー・ロビンソン魂《だましい》が宿ってるね。」

ふたりはハイタッチした。

それからヤヤは居林監督《かんとく》、そして港斗やほかのメンバーにあいさつした。さらに桜坂ナインの仲間を呼《よ》んで、葉央たちに紹介《しょうかい》してくれた。巻田《まきた》は、目のチカラがするどくて、姿勢《しせい》がよくて堂々《どうどう》としていた。スガこと菅原《すがはら》は少し猫背《ねこぜ》で、手足が長くて運動神経《しんけい》がよさそうだ。目を覚ましたばかりのトラってこんな感じかな、と葉央は思った。

「うちは父さんが来てて、上の方に座《すわ》ってる。ヤヤのお母さんはもう来てる？」

葉央がきくと、ヤヤは首を振《ふ》った。

「まだ。もう家は出てるはずなんだけど、連絡《れんらく》ないんだよね。」

「え、そうなの？」

「仕事で徹夜《てつや》明けだから、電車で寝《ね》ちゃってるのかも。」

そういいながら、ヤヤはリュックからスマホを取り出して確認《かくにん》した。

「やっぱ連絡《れんらく》ないや。」

アナウンスが流れ始めたので、ふたりは会話をやめて聞き入った。

「ただいまより試合前練習タイムが始まります。」

試合はこのスタジアムでやるけれど、練習はスタジアムのわきにあるサブグラウンドで行うように、とのことだった。

「じゃあね。」

ヤヤは自分のチームの方へ歩いていった。

葉央たちは、グローブを持って、サブグラウンドへ行った。

「あ。」

ぺこりと、葉央はあいさつした。飛田《とびた》さんとパープルソックスのメンバーがいたのだ。飛田さんは気づいて、ぱっと手を上げてあいさつしてくれた。

まずは二人一組になってキャッチボールをやることになった。中川ペルセウスのメンバーは九人なので、応援《おうえん》に来た坂本先輩《さかもとせんぱい》も加わってくれた。

葉央はトモと組んだ。

「トモ、球がすごく強くなったな。」

グローブにいい音を立てて入る。

「だいぶ体全体を使えるようになったから。」

トモは、足に負担《ふたん》をかけすぎないようにしながら、うまく下半身も使って投げられるようになった。病院の先生や看護師《かんごし》さんが相談に乗ってくれたおかげだ。

それから、九人で練習をやってみた。三回ほどやって一休みしたときに、純平《じゅんぺい》が周りを指さす。

「あのチーム、めちゃくちゃ速い。あっちも。あぁ、あれはヤヤんとこか。」

ヤヤたちのチームは、くるくると勢《いきお》いよく選手たちが入れ替《か》わって投げていく。

はいっ、おいっ、ほいっ、と一球ごとに声をかけ合っているチームも多い。

「やべえ、レベルがちがうかも。」

純平がうつむいて、圭人《けいと》が、

「足がふるえてきた。」

と自分のひざをおさえている。居林監督《かんとく》がこの場にいないせいかもしれない。監督《かんとく》は、主催者《しゅさいしゃ》の人と話す必要があるから、と、スタジアムに残っているのだった。

「集合して話そう。」

葉央は、八人のメンバーをサブグラウンドのすみに集めた。港斗もトモも総《そう》も圭人も、視線《しせん》が地面に向かっている。

「あのさ、野球って相手と戦うものだけど、キャッチボールって違《ちが》うよな?」

葉央がいうと、トモが顔を上げた。葉央は続けた。

「おれたちの間でバトンを――あ、ボールのことだけど――リレーしてつないでいってさ、何回つながったかな、って結果を見ようよ。相手は関係ない。だから、おれたちがやってきたことを信じて、今できることを百パーセント出そうよ。」

みんながいつの間にか顔を上げていた。

「ようし、もう一回練習しようか。周りのチームのスピードに引っ張《ば》られないで、おれらはゆっくりでも確実《かくじつ》につなぐんだ。」

「オッケー！」

港斗が大きい声で応《おう》じてくれた。

しばらく練習しているとアナウンスが流れた。

「まもなく開会式が始まります。選手のみなさんは、スタジアムのグラウンドに集合してください。」

「よし、もどろう。」

葉央たちはスタジアムに移動《いどう》した。

「あ、来てる。」

トモがネット裏《うら》の観客席の上段《じょうだん》を指して、手を振《ふ》った。

「だれ？」

葉央は見上げたけれど、見覚えのない顔ばかりだ。

「ぼくのクラスメイト。三人かな、四人かな、応援《おうえん》しに来てくれてる。」

「へえ。」

「キャッチボールクラシックっておもしろいな！　って思わせて、中川ペルセウスに入部させる作戦。」

「それ、最高だな！　おれら六年が引退《いんたい》したら、人数減《へ》るもんな。よし、あの子たちが入部したくなるようなプレーをしようぜ。」

「オッケー！」

総がはりきってうなずいている。白蓮《びゃくれん》もいった。

「よし、マジでメンバー増《ふ》やそう！」

グラウンドに、ほかのチームがあいうえお順にどんどん並《なら》び始めている。葉央たち中川ペルセウスは、全チームの中央だった。一列に並《なら》んだ。

となりは、飛田《とびた》パープルソックスだ。

前方に、ずらりと大学生が並《なら》んでいる。今日、審判《しんぱん》のボランティアを引き受けてくれた、県立大学の野球部の人たちだそうだ。

開会式が始まり、あいさつののち、ルール説明や競技《きょうぎ》の順番が発表された。

今大会の場合、まず予選が二回行われて、参加した十五チームのうち上位三チームが準決勝《じゅんけっしょう》に進む。それ以外のチームは敗者復活戦《はいしゃふっかつせん》に回る。そこでトップのチームは、ふたたび準決勝《じゅんけっしょう》に参加するチャンスを得る。

「要するに、どのチームも最低三回は試合をやれるってことだな。」

港斗がいうので、葉央はうなずいた。

競技《きょうぎ》はグラウンドの中央で行われる。白線で十五のレーンに分かれ、番号が振《ふ》られていた。ほかのチームの投げ合いに割《わ》りこんで迷惑《めいわく》をかけないよう、自分たちのレーンのなかで投げ合うわけだ。

中川ペルセウスは第8レーンだった。ちょうどグラウンドのどまんなかだ。ネット裏《うら》の居林監督《かんとく》は、

「ちゃんと見えてるぞー。」

と手を振《ふ》ってくれた。

桜坂ナインは第4レーンで、ここからはよく見えない。

となりの第7レーンが飛田パープルソックスだ。

「ウォーミングアップをしてください。」

という放送があって、みんなで軽くキャッチボールした。

葉央たちはぴったり九人だが、もっと人数の多いチームもある。補欠《ほけつ》となった人たちは、レーンの後方に移動《いどう》して、メンバーに声援《せいえん》を送り始めた。

「それでは、まもなく競技《きょうぎ》を開始します。」

審判《しんぱん》がそれぞれ担当《たんとう》のチームにつく。葉央の目の前に来た男の人は、

「中井《なかい》です。よろしくね。」

とあいさつしてくれた。内野寄《ないやよ》りの白線側にいるのは、葉央、港斗、純平、圭人。7メートル先の外野側《がいやがわ》にいるのは、明文《あきふみ》、悠《ゆう》、白蓮、総、トモ。

最初に投げるのは明文だ。葉央はグローブを構《かま》えた。

ピーッ、とホイッスルが鳴った。

明文が、まっすぐいい球を放ってきた。

「ナイス！」

と、いいながら葉央は投げ返す。受け取ったのは悠。緊張《きんちょう》しているみたいだ。あわてて投げ返そうとして、ボールがかなりそれた。港斗が思いきり体をのばして、キャッチできた！　白蓮、純平、総、圭人、そしてトモから葉央へ。トモは、左ひざを少しだけ出しながら、ボールをうまく体重にのせて、しっかりと球を投げてきた。葉央は、受け取った時点ですでに投げる準備《じゅんび》をして、すぐにボールを明文に放った。

しばらく順調だったが、

「あっ。」

とちゅうで送球がそれた。白蓮の球がワンバウンドして、転がっていく。

「ごめーん。」

白蓮がさけんでいる。

「だいじょうぶ！　よくあること！」

と葉央がいったら、白蓮はちょっとだけ笑った。

続けて続けて、そらして、また続けて――。

ピーッ、とホイッスルが鳴った。

葉央たちはたぶん58回だった。なぜ「たぶん」かというと、葉央が頭のなかでカウントしていた回数だから。審判《しんぱん》は、ホイッスルが鳴った瞬間《しゅんかん》、すぐに集計所の方へ行ったので、正確《せいかく》な数は、発表まではわからない。

練習のときのベストにはおよばなかったけれど、二回もそらしたわりに、なんとかリカバリーできた。

葉央はチームメイトを集めた。

「集中できてたのがよかったと思う。おれ、となりのパープルソックスも桜坂ナインも気にならなかったよ。」

「うん、ぼくも。」

すぐに返事したのはトモだ。

集計が終わってから、今度は二回目だ。

「二分間、大事にやろうぜ。」

ホイッスルがひびきわたる。

葉央たちは投げ続けた。一度、総が葉央の球を受けるときに、地面にこぼして、拾うのに時間がかかった。あとは、純平の投げたボールがワンバウンドして、それをうまく白蓮がキャッチできなかった。でも、最後尾《さいこうび》にいた悠がすぐ拾ったので、タイムロスは少なかった。

終了《しゅうりょう》の合図とともに、葉央たちは集まった。

「たぶん76回。」

そう葉央がいうと、港斗がパチパチと手をたたいた。

「おー、練習のときの最多記録をこえたな！」

みんなでハイタッチしあった。

成績《せいせき》発表が行われた。二回やったうち、いいほうの記録が採用《さいよう》される。一位は前回優勝《ゆうしょう》の湾岸《わんがん》ウインドで97回、二位がなんと桜坂ナインで95回、そして三位が、前回二位の光華《こうか》少年野球チームで89回と発表された。

残りは全チーム、敗者復活戦《はいしゃふっかつせん》に回って、一チームだけが準決勝《じゅんけっしょう》に参加できる。敗者復活戦《はいしゃふっかつせん》のため、葉央たちは移動《いどう》した。中川ペルセウスは、今度は第6レーンだ。となりの第5レーンには、飛田パープルソックスがいて、キャプテンが気合を入れている。

空にかかっていたうすい雲はいつの間にか消えて、太陽がぎらぎらと照りつけてくる。葉央はタオルで顔のあせをふいてから、

「みんな集まって！」

と呼《よ》びかけた。葉央の周りに、ペルセウスのメンバーが集合した。

「なんかいいこといいたいんだけど、思いつかない。」

そう葉央がいうと、トモがガクッとずっこけるふりをした。

「なんでも、今思うことをどうぞ。」

港斗がそういってくれた。

「サンキュー。えーっと……チームによってはさ、キャッチボールクラシックが目標でゴールで、ってとこもあるかもしれない。でも、おれらは、ここが始まりだから。」

「おおっ。」

いいこといったな！　という感じで、純平が合いの手を入れた。

「これから部員を増《ふ》やそう。試合もしたいし、おれら六年が引退《いんたい》しても、メンバーが九人以上いるように、がんばる。おれたち、やることいっぱいある。これからの二分間のキャッチボールで、最高のスタートを切ろうぜ。」

「決まったな。」

港斗がいい、トモが大げさにうんうんとうなずいてからいった。

「あそこに、ぼくの同級生たちがいます。いいとこ見せて、入部したいっていわせて

くださーい。」

「おす！」

みんなの声がそろった。

四人と五人。分かれて白線の前に立った。

「ペルセウス、がんばれ〜。」

ヤヤの声が聞こえた気がした。

ピーッ。敗者復活戦《はいしゃふっかつせん》が始まった。

ただひたすらに、相手の構《かま》えたグローブに届《とど》ける、届《とど》ける、届《とど》ける。投げつけるのではなく、手わたす気持ち。九人の間を、たったひとつのボールが回っているのに、そのボールに、みんなでいっせいにふれている気がした。

ピーッ。

「終了《しゅうりょう》！」

葉央はへとへとになっていた。地面に座《すわ》りこんだ。港斗がリストバンドで、ひたいのあせをぬぐっている。

敗者復活戦《はいしゃふっかつせん》で一位になったのは、飛田パープルソックスだった。86回。復活《ふっかつ》して準《じゅん》決勝《けっしょう》に進めるたったひとつのチームだ。

そして第二位は……中川ペルセウスだった！　なんと81回。

「うそ、あと6回で準決勝《じゅんけっしょう》だったのかよ。」

白蓮がよろめいている。その6回が大変なのだ。でも、自分たちはすごくいいところまで来たんだ。来年になったら、トモはもっと動けるようになっているだろう。新しいメンバーもはりきって参加するだろう。そのときは、もしかして――？

「さあ、いよいよ準決勝《じゅんけっしょう》だぞ。ネット裏《うら》の席にもどって、ヤヤを応援《おうえん》しよう！」


「がんばれー、ヤヤ。」

応援《おうえん》の声が聞こえてくる。ヤヤは、ネット裏《うら》の中川ペルセウスのメンバーに向かって手を振《ふ》った。葉央が、スポーツタオルをぶんぶん振《ふ》り回しているのが見えた。

ヤヤたちは、まもなく始まる準決勝《じゅんけっしょう》のため、グラウンドに立っていた。

風が強くなってきた。

予選を勝ちぬいた湾岸ウインド、光華少年野球チーム、そして敗者復活戦《はいしゃふっかつせん》から上がってきた飛田パープルソックス。桜坂ナインはこの三チームと対戦して決勝をめざす。正確《せいかく》なチーム名は、桜坂《さくらざか》ナインA《エー》だ。もう一チーム、桜坂《さくらざか》ナインB《ビー》も参戦したのだが、残念ながらそちらは予選落ちしていた。そのメンバーたちのぶんもがんばらなくてはいけない。

ヤヤは上段《じょうだん》にいる保護者《ほごしゃ》たちを見わたした。

さっきからずっと気にしていたのだが、やはりいない。

「どうした？」

巻田にきかれて、ヤヤはもう一度見回しながら答えた。

「お母さん、来てないなと思って。」

「今日、お母さん来るはずなのか。」

「うん。徹夜《てつや》の勤務《きんむ》が明けてからだから、きついとはいってたけど。」

「せっかくチャンスなのにな。」

「何が？」

耳元で巻田はささやいてくる。

「今日、大関さんが来てないから。ヤヤのお母さんって、大関さんが天敵《てんてき》だろ？」

「天敵《てんてき》って。」

ヤヤは笑ってしまった。実際《じっさい》、そうなのだけれども、巻田にまでそう思われていたとは。

つかれきって、家で寝《ね》てしまったのかなと思いながら、ヤヤは白線の後ろに立った。

ホイッスルが鳴った。

ヤヤたちのチームは、「失敗をおそれず速く投げる」ことをモットーにしている。二分間で、どこのチームも一回か二回は投げミスがあって、ボールを拾いに行く。

だから、それをこわがらずに、速く速く速く投げ続ける作戦だ。

「あ、やっべ。」

小山内《おさない》の投げた球がすっぽ抜《ぬ》けた。でもだいじょうぶだ。ヤヤは順番が終わって、後ろに下がっていたので、その球をすぐに追いかけてつかんだ。そして次の番の木口に投げた。

二分間、止まっている時間はない。足をフルに動かす。投げ終わったら、なるべく早く後ろに行って、今みたいな「すっぽ抜《ぬ》け」の球を受け止める。

「終了《しゅうりょう》!」

再《ふた》びホイッスルが鳴って、集計が行われた。

結果は、一位が湾岸ウインドで99回、二位が桜坂ナインで96回、三位が飛田パープルソックスで93回、四位が光華少年野球チームで89回だった。

「決勝は、湾岸ウインド対桜坂ナイン、三位決定戦は飛田パープルソックス対光華少年野球チームになります！」

先に三位決定戦が行われて、そのあとに決勝戦をやる。

ヤヤたちはいったんネット裏《うら》にもどった。

「おめでとう！」

と葉央がハイタッチを求めてくる。

「サンキュー。」

「決勝もがんばれよ。」

といってきたのは港斗だ。

「よし任《まか》せとけ。」

ヤヤは力強く胸《むね》をたたいてみせて、上方の席にもどった。

ヤヤはスマホを確認《かくにん》した。何も新しい情報《じょうほう》はない。お母さんあてにメッセージを送った。

『もうすぐ決勝戦が始まるよ。』

ヤヤは三位決定戦を見つめた。光華少年野球チームが92回、飛田パープルソックスが90回。光華が三位に入った。

「この競技《きょうぎ》は運もあるよな。準決勝《じゅんけっしょう》のときの回数だったら、飛田が三位に入っていた。」

巻田がだれにいうともなくつぶやいている。

休けいをはさんで、決勝戦だ。

お母さんは来ていない。メッセージも来なかった。

「心配だな。」

心のなかでいったつもりが、声に出ていた。

「あ、来てないよな。大関さん。」

スガにいわれた。

いいや、大関さんは知らないよ。お母さんが心配なんだよ、とはいえなくて、ヤヤはあいまいにうなずいた。

「大関さんが大会に来ないなんて初めてでさ。いっつも、はちみつレモンやおにぎりの差し入れを持ってきてくれるのに。」

ヤヤのお母さんは、そういうことも苦手だ。もし割《わ》り当てられたら、「自分が大変なときに、なぜ人のごはんを考えなくてはいけないのか」というだろう。

やっぱりお母さんは来なくてよかったのかもしれない。

ヤヤはポニーテールにした髪《かみ》の毛をほどいて、よりきつく結び直した。

そのときだった。

「おそくなってごめんなさい〜！」

「今ごろになっちゃって。」

ふたりの大人が出入り口から走ってきて、桜坂ナインの席までかけあがってくる。

「お母さん！」

ヤヤは目を見張《みは》った。

ギリギリすぎるよ、とツッコミたかったけれど、次の言葉が出てこなかった。なぜならお母さんは大関さんといっしょだったから。

ふたりはまるで親友みたいだ。大関さんが内野席《ないやせき》の階段《かいだん》を上りながら転びそうになったら、すかさずお母さんが支《ささ》えている。

「どういうこと?」

ヤヤは小声でつぶやいた。

「うん、なんだろな。」

スガがうなずく。

「竹ノ内監督《かんとく》、ごめんなさい。今日、差し入れを持ってくる気まんまんだったんですけど、諸事情《しょじじょう》あって、全部家に置いてきちゃって。」

「大関さん来ないなんて、って、ほかの保護者《ほごしゃ》のみなさんと心配してたんだよ。」

監督《かんとく》が、座《すわ》って座《すわ》って、というように手でいすを指し示《しめ》すけれど、大関さんは座《すわ》らない。ヤヤのお母さんもその横に立っている。

「実は、うちの義理《ぎり》の母が、朝早くから行方不明になっちゃって。」

「えっ。」

あちこちからおどろく声が聞こえた。

「義母《ぎぼ》は、森原さんがお勤《つと》めの施設《しせつ》でお世話になってたんですけどね、一時帰宅《きたく》して、けさ病院にもどるはずが、姿《すがた》が見えなくなって。それで施設《しせつ》に連絡《れんらく》したら、森原さんが『勤務《きんむ》明けだから、いっしょにさがします』って来てくださって。警察《けいさつ》にも連《れん》絡《らく》したり、ほんと必死でさがして、ご連絡《れんらく》しそびれちゃって。」

そこで、大関さんは、ヤヤのお母さんの方を振《ふ》り返った。お母さんが続ける。

「あ、でも、幸いにも見つかったんです。ご近所の方が協力してくださって。無事に施設《しせつ》にもどっていただくことができて、ほんとよかった。」

「それがほんの一時間くらい前のことでね。森原さんはもうあきらめてらしたんだけど、そこは！　わたしが車をかっ飛ばして、あ、うそうそ、車をふつうに走らせて、ここまで来たんです。もう終わりそうだし、監督《かんとく》にお昼もお出しできなかったけども。」

竹ノ内監督《かんとく》が苦笑する。

「あのね、大関さん。わたしはね、生まれたてのツバメのヒナじゃないんだよ。親鳥にエサもらえなかったら死んじゃう小鳥じゃないんですよ。だから別にわたしを食べさせなきゃって思わなくても、ただ来てくれるだけでいいんだよ。」

「いや、わたしが親鳥で監督《かんとく》がヒナっておかしいでしょう。」

ヤヤは思わずくすっと笑ってしまった。大関さんのこと、お母さんの敵《てき》だと思ってずっとさけてたけど、おもしろい人だな。今度、もっと自分から話してみよう。

とにかく間に合ってよかった。決勝、お母さんにぜひ見てもらいたかったし。

急いでヤヤはお母さんのところに行って、水筒《すいとう》をわたした。

「これ、まだお茶入ってるから。のどかわいてるかなーって。」

「ありがとー。なんか飲みたかった！」

首のあせをハンカチでふきながら、お母さんは答えた。

「決勝戦に出場する、湾岸ウインドと桜坂ナイン、グラウンドに集合してください。」

アナウンスが流れる。

グラウンドに降《お》り立って、ヤヤは頭をぷるぷると振《ふ》った。後ろにしばった髪《かみ》の毛が、わさわさ揺《ゆ》れたのが、自分の影《かげ》でわかる。

ヤヤは、今度は肩《かた》をぐるんぐるんと回した。緊張《きんちょう》でこわばっている気がしたから。

今までの対戦をずっとスタンドで見ていた竹ノ内監督《かんとく》が、グラウンドのすみに降《お》りてきていた。みんなで囲《かこ》む。

「去年、湾岸ウインドと光華に負けた。光華には勝てた。そして、湾岸ウインドにもリベンジするチャンスが来た。準決勝《じゅんけっしょう》で湾岸ウインドが負けても、うちが負けても、決勝のこの組み合わせはなかった。そう考えると、本当に運がいいんだ。それを楽しめ。」

「はいっ。」

この言葉は、肩《かた》をぐるんぐるん回すよりも効《き》いた。運がいいといわれて、ヤヤは急に体がふわっと軽くなった気がした。そして、楽しめといわれて、初めて気づいた。決勝の舞台《ぶたい》で戦えるって、楽しいんだ――。体から緊張《きんちょう》が消えていくのがわかった。

広いグラウンドにいるのは、たった二チーム。あとのみんなはスタンドで見つめている。

「ヤヤ、がんばれ。桜坂、がんばれ。」

葉央たちの声が届《とど》いた。ヤヤだけでなく、桜坂ナインを応援《おうえん》してくれている。

ヤヤは決めた。キャッチボールの数をカウントするのをやめよう。「無」になって投げるんだ――。

ピーッ、と合図が鳴った。

ヤヤ、巻田、菅原、清水《しみず》、小山内、石橋《いしばし》、木口《きぐち》、林《はやし》、中田《なかた》。投げる、投げる、投げる、投げる。

まだあまりしゃべったことのないメンバーもいる。でも、いっしょにたくさん練習してきた。キャッチボールをしていると、その人の何かが伝わってくる。話していないのに、少しずつわかりあえてくる。

大勢《おおぜい》の人が見ていることも、となりで湾岸ウインドがかけ声を上げながら猛烈《もうれつ》に投げ合っているのも、ヤヤには見えなくなっていた。

ただ虹《にじ》が見えた。その虹《にじ》は行ったり来たりして、自分たちをつないでいく。

「終了《しゅうりょう》。」

ヤヤはその場にしゃがみこんだ。自分だけかと思ったら、巻田もすぐ横でひざをついている。ほかのみんなも。

「あー、やりきった。」

と巻田。

「初めての練習のとき、二分間短くない？ってわたし、いったんだよね。まったく短くない。じゅうぶん長かったよ。」

ヤヤがいうと、巻田は笑った。

「だろ？ ほんとに長い長い二分なんだ。」

どちらが勝ったのか、まだわからない。審判《しんぱん》が集計している。

「表彰式《ひょうしょうしき》を行います。選手のみなさんはグラウンドに集合してください。」

アナウンスが流れて、ヤヤたちは開会式と同じ場所に並《なら》んだ。

大会委員長が、優勝《ゆうしょう》チームの名前を告《つ》げる。

「記録……106回。」

ヤヤは両手を合わせて、いのった。

「優勝《ゆうしょう》は桜坂ナインA《エー》！」

わーっ、という歓声《かんせい》がヤヤの周り、そしてスタンドから起きた。大きなはくしゅに包まれる。

予選のときも、準決勝《じゅんけっしょう》のときも、湾岸ウインドに負けていたのに。まさか決勝で逆転《ぎゃくてん》できるなんて。湾岸ウインドは101回だった。

両チームとも今年十二月に開催《かいさい》される全国大会へ進出できることが発表された。

記念撮影《きねんさつえい》のあと、ヤヤたちは内野席《ないやせき》にもどった。

「優勝《ゆうしょう》しちゃったね。」

「マジ、信じられない。」

菅原が、巻田が口々《くちぐち》にいう。予選落ちした桜坂B《ビー》のメンバーや、ほかの子たちも、

「おめでとう！」

と次々《つぎつぎ》にいってくれる。お母さんが手をたたいて、大喜《おおよろこ》びしていて、ヤヤはおどろいた。大関さんにハイタッチを求められて、さらにおどろいた。

「ちょっと、しばらく話してきていい？　葉央と。」

そうヤヤがきくと、お母さんはこくこくとうなずいた。

「ごゆっくり。来たばっかりでまだ帰りたくないもの。」

ヤヤとお母さんは、にっと笑い合った。

「どこ行くんだよ、ヤヤ。」

巻田にきかれたので、

「サブグラウンドでちょっと。」

と、ヤヤは答えてから、階段《かいだん》をかけ下りた。

大会前の練習のときは、百人をこえる人たちがいたサブグラウンド。今はふたりっきりだ。

風が強くて、ときおり砂《すな》ぼこりがさーっとまい上がって流れていく。

ヤヤは、葉央とキャッチボールを始めた。

「話したいことがたくさんあったはずなのに、なんだか、思い出せないよー。」

ヤヤがいうと、葉央が笑う。

「うん、おれも。」

しばらく無言で投げ合う。葉央が口を開いた。

「いいなー、全国大会進出。」

「そうだよ。プロ野球選手が何人も来るんだって。」

「マジで？」

「記念撮影《きねんさつえい》したり、アドバイスもらったりできるんだって。」

「マジかよー。」

「もっと早く知りたかったよね、この大会。」

「来年は参加できないのがつらい。」

「そんなにつらい？」

「うそ。今年参加できただけで、めっちゃ満足。」

「だね。」

「みんな来たよ。」

「ん？　みんな？」

ヤヤは、振《ふ》り返った。桜坂ナインのメンバーが、サブグラウンドに入ってくるところだった。

「どうしたの、みんな。」

ヤヤがきくと、巻田が答える。

「集合写真とろうとしたら、ヤヤがいないからさ。じゃあ、こっちでとろうぜって。」

「あー、ごめん、ありがと。」

さらに後ろから、港斗、純平、圭人……中川ペルセウスのメンバーがぞろぞろと来ているではないか。一番後ろにはトモもいる。

「葉央とヤヤだけずるいよ。ヤヤ、おれともキャッチボールやろうぜ。」

と、いったのは港斗だ。

「じゃあ、みんなで写真とろうよ。せっかくだから桜坂ナインと中川ペルセウスの大集合写真。キャッチボールは、そのあとね！」

ヤヤはサブグラウンドの中央に立って、手招《てまね》きした。

声変わりでなやんでいる葉央くんへ

去年のキャッチボールクラシックから、もう一年経《た》つんだね。

あの大会が、最後だと思ってたよね。

六年生だったから。

まさか、中学生になっても、キャッチボールクラシック中学生の部があるなんて、知りませんでしたぁ！

監督《かんとく》に教えてもらったときは、めちゃくちゃうれしかったよ。

また決戦のときが近づいてきたね。

今年は桜坂ナインじゃなくて、桜坂第一中学《さくらざかだいいちちゅうがく》野球部。一年生だけどメンバーに選ばれたから、責任《せきにん》重大だよ。

目標はもちろん、今度こそ全国大会優勝《ゆうしょう》！

葉央たちもいっしょに全国に行こう。

会えるのを楽しみにしてるよ。

まだ身長がのび続けてバスケ部にも勧誘《かんゆう》されちゃったヤヤより

やってみよう！
キャッチボールクラシック

ヤヤと葉央《はお》がともにチャレンジした
キャッチボールの大会について解説《かいせつ》。

9人いればできる新競技《しんきょうぎ》は正確《せいかく》さとスピードが大事《だいじ》！

「キャッチボールクラシック」は、日本《にほん》プロ野球選手会《やきゅうせんしゅかい》が提案《ていあん》する新しい競技《きょうぎ》。野球の原点であるキャッチボールの正確《せいかく》さとスピードを競う、シンプルだけど奥《おく》が深いゲームです。毎年、春から各都道府県で地区大会が行われ、上位に入ったチームは年末に開催《かいさい》される全国大会に参加します。

桜坂《さくらざか》ナインA《エー》の場合
（県大会時）

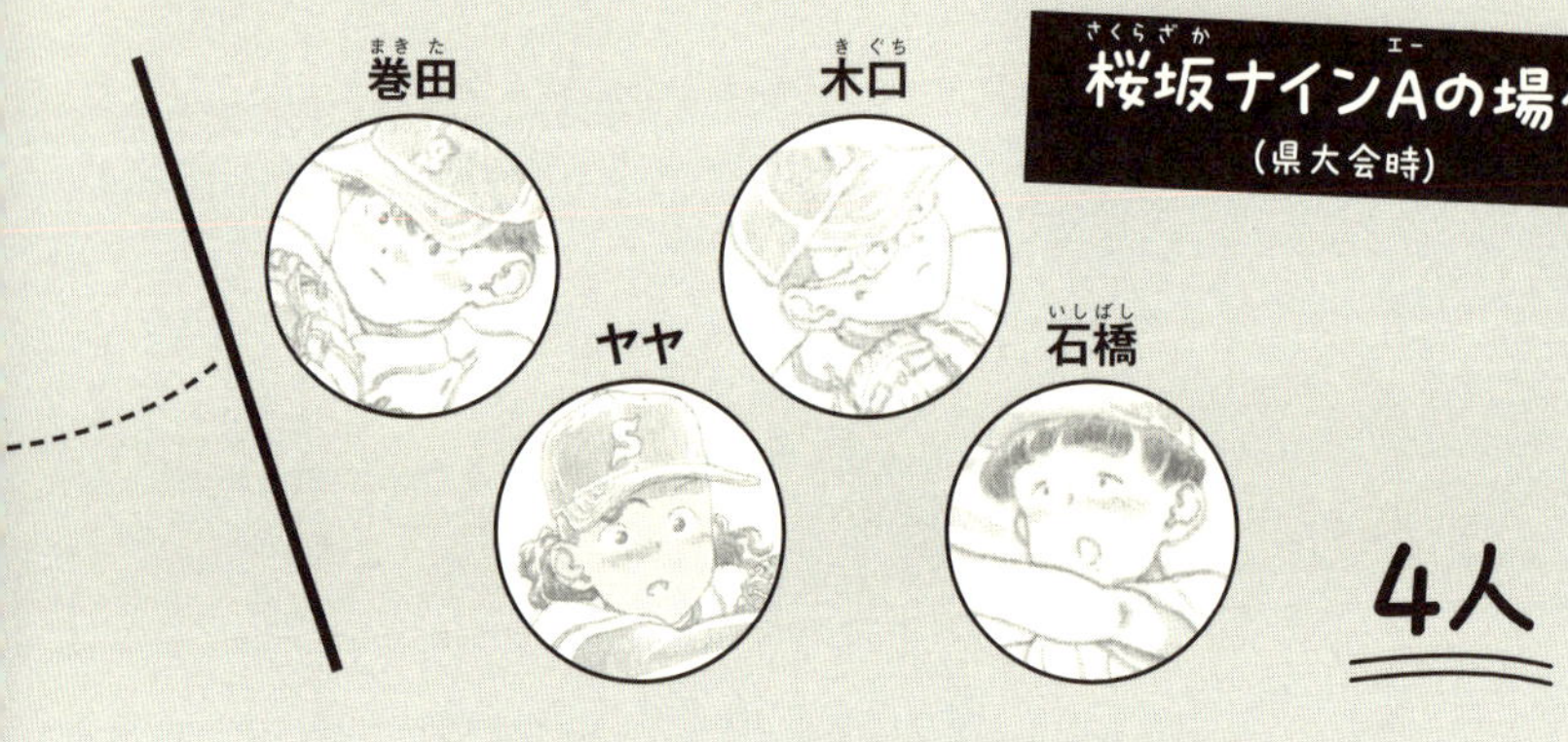

キャッチボールクラシックのルール

9人1チームが、2分間でキャッチボールが何回できたかを競う。

❶ 5人の列と4人の列に分かれ、7メートルはなれて向き合う。

❷ 5人の列の先頭選手がボールを持ち、スタートの合図とともに、向き合った相手にボールを投げる。

❸ 投げ終わった選手は自分の列の最後尾《さいこうび》につく。ボールを捕《と》った選手も、次に向かい合った相手にボールを投げたら、自分の列の最後《さいこう》尾《び》につく。これを制限時間内《せいげんじかんない》にくり返す。

❹ 投げたボールを相手がキャッチしたのを1回と数える。終了時《しゅうりょうじ》に空中にあるボールはノーカウント。投げるときにラインをはみだすのはOKだが、捕球時《ほきゅうじ》にラインより前に出た場合（空中でも足がラインにかかっている場合）、カウントされない。

❺ ボールを後ろにそらした場合は、後ろに並《なら》んでいる人が捕《と》りに行ってもOK。ただし、次の投球は、そのボールを捕《と》る順番だった人から再開《さいかい》しなければ回数はカウントされない。ボールを前に落とした場合は、前に捕《と》りに行き、ラインの後ろまでもどった時点で回数がカウントされる。もし、そのままラインの前から投げた場合は、回数はカウントされない。

❻ 2分経《た》ったところでゲーム終了《しゅうりょう》の合図が出る。その時点で空中にあるボールはカウントされない。キャッチボールが成立した回数がチームの記録となる。

※1チームに1人、回数をカウントする審判《しんぱん》が必要。
※作中のトモのように、事情《じじょう》があって激《はげ》しい動きができない子は、最後尾《さいこうび》には移動《いどう》せず、臨機応変《りんきおうへん》にやってOK。
※小学生の部、中学生の部、一般《いっぱん》の部があります。

ヤヤ

初めてやったときは
何がなんだかわからないまま
2分間が過《す》ぎていった。。。

5人と4人だから、毎回
投げる相手が変わるんだよな。
気持ちが休まるときがない!

葉央

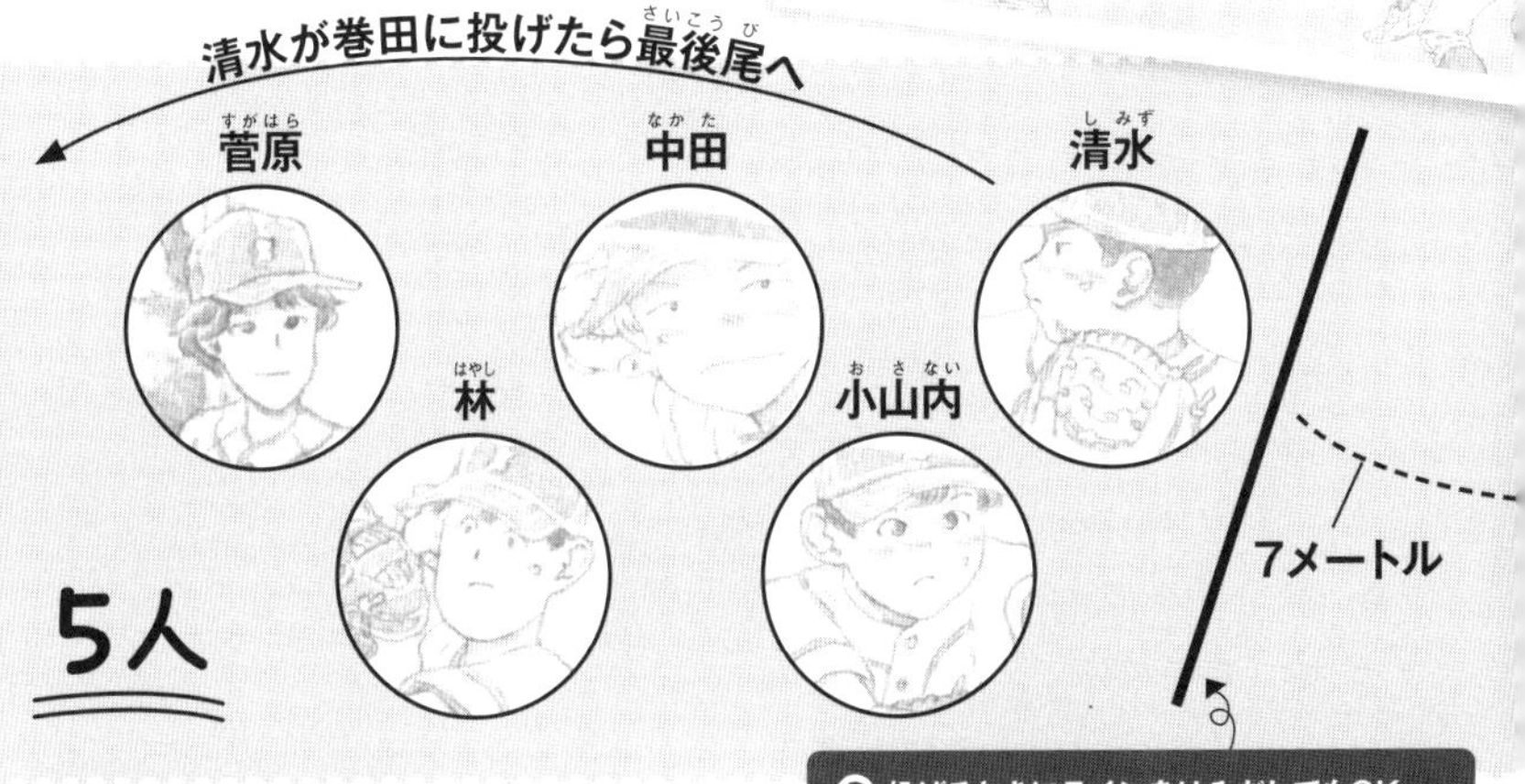

○ 投げるときにラインをはみだしてもOK
✕ 捕《と》るときにラインをはみだすとノーカウント

制限時間《せいげんじかん》は2分（120秒）

大会の流れ

地区大会

ヤヤと葉央が参加した県大会は地区大会。
参加チーム数や方式は地区により異《こと》なる。

全国大会

ヤヤが所属《しょぞく》する桜坂ナインAが参加した。
決勝進出チームは100回ごえがズラリ。
左の方式は2024年全国大会のもの

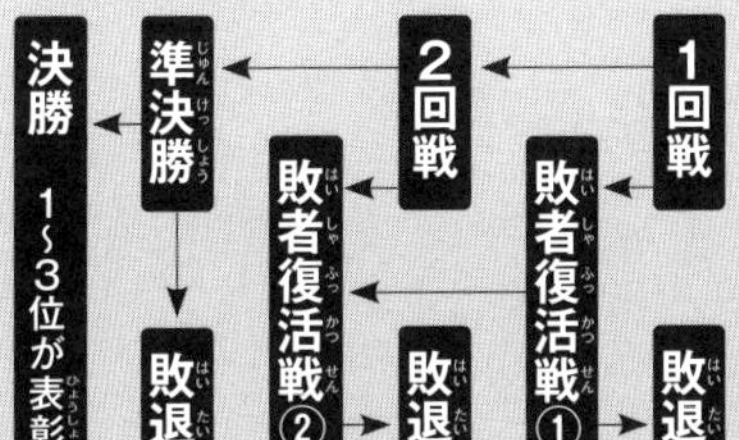

※通常《つうじょう》の1回戦では「2回トライした合計回数」を競いますが、地区大会では作中のように「2回トライして良いほうの記録」を競う方式もあります。

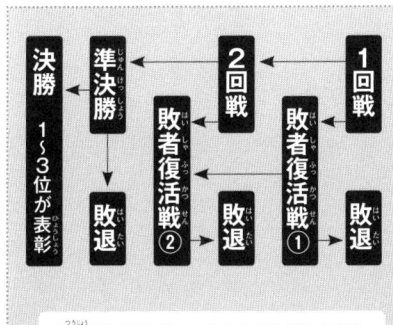

○主な参考文献・資料
『空に向かってかっ飛ばせ! 未来のアスリートたちへ』筒香嘉智(文藝春秋)
『今永昇太のピッチングバイブル』今永昇太(ベースボール・マガジン社)
『Who Was Jackie Robinson?』Gail Herman,Who HQ(Penguin Workshop)
『Jackie Robinson: My Own Story』Jackie Robinson, Wendell Smith, Branch Rickey
(Golden Springs Publishing)

・公式アカウント日本プロ野球選手会
・解体慎書【宮本慎也公式YouTubeチャンネル】
・【イバTV】井端弘和公式チャンネル
(ともにYouTubeチャンネル)
https://www.youtube.com/

○取材協力
一般社団法人　日本プロ野球選手会　※キャッチボールクラシック監修
芳賀信彦(東京大学名誉教授)　※医療監修

ティーンズ文学館
白い虹を投げる

2025年3月13日 第1刷発行

作…………吉野万理子
絵…………黒須高嶺
デザイン……bookwall

発行人……川畑 勝
編集人……高尾俊太郎
企画編集…馬渕 悠
編集協力…山本耕三
DTP………株式会社アド・クレール

発行所……株式会社Gakken
〒141-8416 東京都品川区
西五反田2-11-8

印刷所……TOPPANクロレ株式会社

この本に関する各種お問い合わせ先
●本の内容については、下記サイトのお問い合わせフォームよりお願いします。
https://www.corp-gakken.co.jp/contact/
●在庫については　Tel 03-6431-1197(販売部)
●不良品(落丁・乱丁)については　Tel 0570-000577
学研業務センター　〒354-0045 埼玉県入間郡三芳町上富279-1
●上記以外のお問い合わせは　Tel 0570-056-710(学研グループ総合案内)

NDC913　232P